寂静苍穹下

李初初 著

九州出版社
JIUZHOUPRESS

新版序　一封鸡毛信

坐在时光罅隙里的我，该如何告诉此刻的你，我的心情，特别是当出版方决定要再版这本书的时候。还有，即将看到这本书的读者朋友们。

不是年轻时容易泛起的兴奋与喜悦，也不是对时光老旧的默然怀念和伤感。

就像我在一本书里说过的那样，年轻时的书写，总是伴随着青春的冲动与精神的冒险，惴惴不安。我们乐意竭尽全力用文字表达自己，侍奉别人。甘愿耗费完自己的精力、时间和心血，于是，写那些文字的时候，横冲直撞，无遮无拦，把自己都给感动了，结果却适得其反。

年轻时，我们尽管盲目、脆弱、自私，还有些许裹挟自己的意思。我们爱上的，也许不光是对方，还有爱情本身。我们书写的，也不光是文字，还有我们自己。我们总是冲动，冒险。冲动冒险到别人对我们，我们对别人的种种情深，到了最后，直到走离很远的时候，才会有所领悟。

但还是那样简单而美好，不是么？

而这一些话，是我说过的吗？还是你说过的？其实，我是知道的，你也是知道的。但终归，并无太多不同。

因为本来我所讲述的故事，并不单单是我的故事。我所追逐的爱情，也不单单是我的爱情。甚至，我所写下的文字，也不单单是我个人的文字。这些字，是写给我自己的，原本也是写给你的。原本是写给你的，也是写给我自己珍藏的——并不一定非此即彼。也包括，未来将读到这本书的读者朋友，是写给你，或者他、她的，都有可能。

如今，从青春剥离抽身出来，已渐渐沧桑的我，再重新审视十几年前发生在自己身上的事情，以及那时的文字，仍会有一种灵魂脱壳般的游移感。我会远远回望，仿佛那是这个世界上的另外一个我，他的过去一片朦胧，但他有真实而空寂的脸，像青春时江边的芦苇，节节拔高，不是没有俊秀过，不是没有桀骜和不驯，它们欢呼雀跃，体态颀长，在翠绿的枝节间，写满内陷而深刻的诗行。

而转过身来，那些原本应枝繁叶茂的青春，却又似乎从未发生过。这究竟是应该归结为我的年华老去，还是说我们依旧年轻？

不管是这样的老去，还是那样的年轻，也不管是高过了层云，还是低到了尘埃里。我甚至想，这一切，或许应该就是你说过的那样，我们曾经的相遇，就是有什么东西降临在我们身上，只是以我们为某种介质，终究是为了另外一个你和另外一个我的相见。我们，都只不过是他们的载体或者桥梁而已。

所以，不要说这本书是青春带给你的莫大荣耀，而这荣耀，原本也是给到我的。是有幸给到我的，原本，也是给到你的。借用你的话，就请容许我们，以现在这般各自的生活及状态，或者说一种本来面目，去替消失了的她与他，承接原本属于她与他的荣耀吧。

相信这不是矫情。

“如果你是我生命中假设过的这位女子，我必须要学会爱，学会放弃，学会编织人生最精彩的谎言，从而让你忘记。”你看，我从来就没有真正做到过，或者说，没有做得足够好。

如果有一次，仅有一次，让我选择最能够记住的你的话，我想应该会是这句，是一次你有意无意对刚开完“住在春天”演唱会的曹方说的：“你会不会有那种感觉，就是，你看着她实现了梦想，就好像你自己实现了梦想一样。因为你看着她，看着看着，就好像看到了自己。”我希望，今天你再看到那时的我的文字时，也是如此。

从未有企图掩盖自己年轻时生活与写作上的稚嫩，如今才得以重新审视那些盲目、脆弱、自私，安放过去，也安抚内心。从不逃避青春的别离、伤痛与某些调零，因为正是抽身而去后，在这个现实世界有些坎坷不平的维度与空间里，我们才能更好地重逢以及复苏。

什么事物都不会不在，都还在原来的地方盛装。

要对得起我们曾经的付出和所有，还有，那些仍没有来得及实现的付出，和所有。

感恩亲爱的你，还有读到这本书的亲爱的读者，我们的相遇，是我的幸运与荣幸，祝愿在更加久远的今后，你与我，都能够收获本该属于你我更多的阳光与明媚。

李初初

2017年7月9日 成都

序　献给你

每次结束，就又回到了出发之处；而追忆，才是最远最长的旅行。所以，我要写的，不止是途中的吉光片羽，异乡的晨昏薄暝。我要写的也是曾经为之悲恸不已的过往，一段无比细碎，而又十分真切的光阴。

对于这本书，你可以说是一部心灵的挽诗、爱情的谶语，也可以说是一份浪迹天涯的情怀和一本抵死缠绵、黯然销魂的旅行笔记。它包含了我对文字的敬仰，对内心力量的珍视，对细微事物的怀念，对年轻的战栗与感动，以及对罹患漂泊宿命的灵魂的宽容与慰藉。它跳跃着，成为我的秘密之花，怒放在灵魂寂寞的角落。虽然，随着时光的泯灭，所有的一切都终将不可避免地化为一团柔软的灰烬，但我相信它会延续故事温暖的尾句，并掌握在我生命和生活的小小技巧当中。

我并不想过于表达行走的沧桑，也无意过多释放自己的情感独白，只是想沿着那些细密纷杂而又落满时光碎影的隐秘小径，打通自己曾忧伤集结的内心。

在路上，有如猛虎细嗅蔷薇。如果心中真有一头猛虎巨兽，它是否能够嗅到那芳香带露、相伴生命的美艳花朵？这样的一次书写，我更像是在将自己的思绪反复浸泡、冲印，尽可能让自己回归到记忆的“暗房”之内，从而将生命的底色和人生旅途上所历经的绚烂风景，沉淀在积攒久远的时光胶片上，并且显影。

“我和这个世界有过情人般的争吵”，而最终和解。对于旅行，对于生活的过往，对于情感，无论是结束，还是再次开始，我都会告诫自己宽容与仁慈的重要，因为除了对事物美好一面的感恩与崇拜，除了对记忆的善意呵护与珍藏，我那原本行走不止、追忆不息的内心，已经接近一无所有。

这是我的青春，生命光束中的光束，历史中的历史。现在，我把这样的一段旅程，一条个人成长的路径，以及对遥远山水的魂牵梦萦，自己视觉与精神的双重盛宴，都一并羞涩地呈于你的面前。我能感受到它们对我弥足珍贵，所以，献给你，此时此刻，亦是对我自己的一种恩赐。

谢谢时间，让一切变得温暖。

李初初

2011年初夏 北京

目 录

不曾抵达的那一个方向

有时在怀念中我看到它的转折

……

像年轻时易碎不安的情绪

像头顶的天空容易发生倾覆

滇西北：

趁年轻，回到白马雪山

当奇异的云朵不断从头顶上空掠过时，我肯定自己又一次回到了梦中所出现过的白马雪山。
是的，趁着年轻，我无数次地来到过这里。 / 宗小诺 摄

几年前，我从地图上开始竭尽所能地寻找一座雪山，

一座叫作白马，或者白茫、白芒的雪山。

这个名字源于当时一位同事制作的一个节目，节目里，我知道了有这样一座雪山。从那时起，我本能而又执著地认为：那里一定是和我心灵相通的地方！

由此，我坚信那里一定是我所要寻找的内心世界，正如多年以来，不少人在致力寻找英国小说家詹姆斯·希尔顿在《消失的地平线》中所描绘的人间天堂——香格里拉一样。

一座叫作白马，或者白茫、白芒的雪山。如今，我真正来到这里……

面对玉龙，一些细枝末节

我终于来到，滇西北，我的秘密之乡。时间，如同一幅刻画在牛皮纸上的地图，已在不经意间，用所生的枝枝蔓蔓，勾勒出了阻隔你我的距离和所有的千山与万水。

错过。

失去的记忆，将永无消息。我并不曾遗忘，真正的原谅安静得让人止步。每个人都彼此坚定地走在各自的路上，任所有花朵，零落成泥。

2005-04-27

时间回到2005年，我要把身体蜷缩起来，半眯着眼睛躺在长途大巴车上，趁着夜色翻越滇西高原那些沉默的山峦和泛着碎银般光亮的河流。在黎明到来之前，天光显得更为幽暗的那段时间里，伴随着身边出现的一座古城，我的视线，紧紧攫取了窗外黝黑天幕下开始微微显影的一座雪山。

车内，人们产生的小小忙乱与骚动，让我知道自己已经来到丽江，来到了这座滇西北的高原小城。我十分确定，此刻正在显现出轮廓的雪山，就是我心目中向往已久的那些雪山中的一座——玉龙。微弱的晨光中，她那洁白的峰巅，在墨蓝色的天空下像一团棉花般轻盈柔和。在我向她遥望的时候，她飞动起来，很快阻塞了我的毛孔和全部的呼吸。刹那间，我已被她的肆意压得透不过气来，四肢动弹不得，全身上下一阵冰冷。

汽车带着我在这座高原小城里继续前行，然而我的意识已经停留在了身后的那座雪山之上。丽江是一座“精彩纷呈”的城市，据说这里是一个让背包客艳遇频发的旅行高烧之地，一座令都市“小资”和“白领”中的情感冒险者们亢奋的天堂。对许多人而言，来到这里，可能更多意味着一次旅行、一段时光。但对那时的我来说，却包含一段锯齿般细密、交错，并起伏绵延的奢侈梦想。它们像是滇西公路上那些断裂了无数次的肠子似的穿山隧道，历经漫长与曲折，然后一节节，并不十分连续地通达着我的愿望。

我来到了这里，滇西北，我的秘密之乡！我的秘密之花在这里颤鸣着而迎风开放：几年前，我曾经在内心里许诺过一次朝圣般的旅行——从川西进入云南，去滇西北依次看梅里、白马和玉龙三座雪山，再从丽江前往大理和昆明，然后向南一直到达西双版纳，再从那里进入缅甸和越南，然后去尼泊尔看喜马拉雅山，最后再翻越喜马拉雅山脉，回到中国境内的西藏。

订下这个计划的时候，中甸还没有被命名为香格里拉，我对喜马拉雅、藏区、滇西北还知之甚少，甚至，我对这里几座雪山的具体位置都几乎还没有搞清楚。但是，正是从那时起，我却在地图上竭尽所能地寻找“白马”雪山。这个名字源于当时一位同事采访制作的一期电视节目。在那个节目里，我知道了，在中国云南的确有着一座叫作“白马”的雪山。是呀，多么幽雅委婉，多么动人心魄，多么充满灵性而又诗意：“白马！”如同我少年时期写过的诗句一样：“骑着红马的美人在雨水里缓慢离开/骑着白马的少年，正自挥剑前去！”

从那时起，我本能而又偏执地认为，那里一定是和我心灵相通的地方，一定就是我所要寻找的内心世界，正如多年以来，不少人在致力寻找英国小说家詹姆斯·希尔顿在《消失的地平线》中所描绘的人间天堂——香格里拉（藏语称之为“香巴拉”）一样，我感受到了来自一座雪山的神秘召唤，那里有雪域高原的纯粹与悠远，有神圣湖泊的美丽与明净；那里是“神仙居住的地方”，也是我心中的香格里拉的所在。这种暗示与召唤，让我欣然向往，并冲动不已。

而此时，当我尝试着进入滇西高原，开始真正寻找那座叫作“白马”的雪山，开始自己一连串的“秘境”之旅，我已仅能只身一人。因为那段充满乌托邦式幻想的蜜月旅行，已在不经意间破灭、消逝。那个被我称为“红马”的女孩，已从北京回到了她的家乡新疆。一次，在与她及她妈妈进行了两个多小时的电话长谈之后，我不知道是自己主动放弃了争取，还是被动选择了决裂。就那样，有始无终。最后，千里之外的那端，电话听筒被重重摔下，此后传来的，是一串让人心碎的嘟嘟声。

离开，缓慢离开。少年时期的那句诗，竟鬼使神差般一语成谶。于是，我从五月里还有些阴霾潮湿的北京来到了彩云之南，来到了这个天气晴朗，地面上白花花一片的西南，中国的阳光灿烂地带。而我来到这里，究竟是为了将心头堆积的情感困扰一一摊开来晾晒，还是要开始履行内心曾承诺过的一次朝圣般的终极之旅？当时自己也不是很清楚。

但我知道，之所以来到滇西北，来到丽江，我仍是在刻意寻找那座雪山：白马，或者白茫、白芒的雪山。从地图上看，它是位于金沙江和澜沧江之间、梅里雪山和玉龙雪山之间的那座雪山；它是国道214公路从中甸通往德钦时，在金沙江奔子栏附近所要翻越的那座雪山。

趁年轻，让我回到白马雪山。当然，它又不光是地图上所标注的这座雪山，它甚至可以是整个滇西北，整个大“香巴拉”地区，整个青藏高原，整个中国，或者是整个喜马拉雅南北两面雪山中的任何一座。正如我后来所寻找过的其他地方和其他地方的雪山一样，只要那里存在着与我相关的任何蛛丝马迹。

当我第一次来到滇西北，来到丽江，在马帮曾经走过的青石路面上，我眼望着一座洁白的雪山和一座青灰色的古城，内心充满了荒芜。

记忆回到之前与她分手的冬天夜晚，我依偎在北京阜成门外的某座高楼上，看着玻璃窗外，街灯仿佛正在深夜里凝固，汽车的尾灯拉出一道道漫长而又曲折的弧线。抬起头，我看到幽深的天幕上，漫天的雪花从上面四散开来，像一只只冰冷的蝴蝶，在寒冷的夜空里坠落、飞舞，无声无息。那一刻，痛楚弥漫全身。

雪。

终年不化的白雪，始终覆盖在寂静的山顶，那该是多么难以言说的伤痛啊。遥望着玉龙雪山，我觉得自己，是身不由己地要来到这里，仿佛走在一条归途之上。

面向雪山而升起的风马，磕等身长头的人，有着朴实的信念力量。
这是一座座雪山对我最初的召唤与吸引。

终年不化的白雪和坚冰，始终覆盖在寂静的山顶，那该是多么难以言说的伤痛啊。
我觉得自己是身不由己地要来到这里，仿佛走在一条归途之上。 / 宗小诺 摄

古南门，阳光把记忆漂白

独行，可能并不是最好的方式，但却是我此时最愿意的方式。在路上，那些隐藏于心的痛，会随着某一处风景随时扑面而来，像是秘密。是的，秘密。或许只有珍藏这些秘密，只有铭记这些秘密，只有不加忽略，只有感恩，那样才算对得起我们曾经的付出和所有，才算对得起我们还没有来得及实现的那些付出和所有。

2005-04-29

滇西高原的午后，白花花的阳光把眼睛耀得温热。走在树荫下面，不断有什么东西随路面上斑驳的光影一圈一圈地荡漾着，让人产生错觉。夏子，从昆明和我一同前往丽江的短暂旅伴。昆明的阳光地里，她在走过我面前时，故意轻踩了我一脚，然后回眸微笑："我们结伴同行吧。"

在路上，我很少愿意和人结伴，而喜欢保持我行我素、毫无羁绊的自由状态。我们所谓的结伴旅行，是从昆明的翠湖公园一同走路到同仁街，在同仁靓菜坊吃过饭，再从那里走路到西郊车站，乘坐当夜前往丽江的长途汽车。到达丽江的清晨，在古南门，只停留了大约十来分钟时间，她便从一家客栈里租来自行车，一阵风似的骑得不知去向。当然，后来我们还是在丽江多次遇到。

夏子问过我，你打算怎么旅行。我说我的计划是用三分之一的时间看山水风景，四分之一的时间看路上的各色人等，五分之一的时间在客栈里蒙头大睡，六分之一的时间步行走路，其他的时间随遇而安。夏子觉得我的想法十分不靠谱。实际上，我的确不是个好的旅行者。那些阳光充足、风和日丽的日子，分明是外出的好时间，我却奢侈地留守在客栈里面，睡懒觉、喝茶，显得不务正业。

翻开还留存在手机里的短信，那个新疆女孩子说，我们还可以继续，但是附加了这样那样的一些条件，一副最后通牒的架势。我苦笑。时间不是问题，其他一些事情也不是问题，但问题是，我们再也回不到过去了。面对玉龙雪山，我十分懒散地看着这些短信。在此之前，我从未联想过感情与物质现实之间的种种关系，为它附加的额外条件与要求，以及它骤然间的转弯，让我在面对的时候感到无比羞愧。

清凉的风，从远处的雪山上刮过来，阳光把记忆一点一点漂白。

当日出时金色的光芒打在雪光皑皑的山顶，雪山周身的云彩也跟着一起燃烧起来，苍鹰盘旋在突兀的悬崖上，远处的村落上空升腾起乳白色的炊烟。这时，我会幻想起并不遥远的某个地方，煨桑台上，桑烟正在升起；玛尼堆旁，五彩的风马旗正在晨风里呼啦啦地迎风飘摇。而雪山脚下的某个村庄或是某座寺庙，洪亮而悠远的诵经声，伴着一串清脆的铜铃，随风遥遥传来……

那里可能会是白马雪山，会是我要沉溺其中的一些画面和图景。我想。

屋顶唤起的疼痛，就像视线中的天井和露台，锋芒逼人。我感到它要洞穿我的躯体，灼伤我的五脏六腑

水是柔软的，如同时光。我的时光被水缓缓推动，从少年一直走到现在。

丽江的声色犬马

晚上路过溪畔，去“绿光”酒吧，遇到传说中的“艳遇”，被两位女孩子缠着喝酒，从十点到凌晨四点，要求跟着我走，或者我跟着她们走。最后好不容易送走醉酒的她们。

酒吧老板问我为什么拒绝。他说这很正常，起码在丽江这里，每天都会有同类的故事在他眼皮底下精彩上演。告诉老板，有时自己也想随便，但有时越想随便，便越是不能随便。老板笑。他又拿啤酒过来，声明是他请客。

两个男人接着喝酒，喝完桌上的酒，也喝完这夜，天色泛白，我径自离去。

2005-05-03

记忆停驻在一些夏日的午后。在丽江古城，我坐在暖暖的阳光底下，就着一壶茶，或一杯咖啡，半睁半闭眼睛，懒懒地打量着身边走过的三三两两的人。这里闪动着成双成对的恋人、夫妻，或者仅仅只是旅行路上相遇的同伴，还有装束打扮都显得十分怪诞的精神先锋，或者有着一张张黯然脸孔的失意者。

那个好看的店家女子笑着冲我说："我可以送你一张去听纳西古乐的票，很贵的，一百五十块一张！"我没要，回过头对她笑笑，表示感谢。"那你给我拍张照片，这总行吧？"我站起来给她拍照，她露出妩媚的笑，等我拍完后，要过我的相机翻看里面的照片。她把肩头和身体都贴得很近，有一股不知名的花香味暗暗散发过来。

夏子后来说，感觉到那是你最好的时候，很阳光，笑起来纯真而羞涩，还仿佛信心满满，眼里闪着光，头发蓬松得很有道理。她还说，若换上自己不是正处在特别失意的时间，云南的那个夏天里，我一定会爱上你。当然也许只能算是笑话。

在路上，很多显得失意或者显得不那么失意的男女，都会先入为主彼此产生某些信任与好感。这个我懂。所以，每每遇到这样的事情，我都会在最关键的时候，逃得不知去向。

一个人。

白日里，我会滞留在古朴清洁的客栈，或溪畔一长溜的酒吧和餐厅，我习惯在这里消磨属于自己的时光。而夜半醒来，躺在客栈干净的木床上，静下心来，可以分辨出露水打在屋瓦上的声音，然后看着光明像沙漏一样从窗户外面挤进来，在木屋内一点一滴地积攒，直到房间变得分外明亮。

也有时候，会走很远的路，去小巷的深处寻找那些制作皮纸的作坊，买一两盏纸糊的灯笼，或一两本手工做出的皮纸本子。或者是去游人最稀少的古城角落，寻找一两种当地人最喜欢的本色吃食。

木鱼铃的店，聚集了很多外地来写生的学生，叽叽喳喳，嬉闹着，一点儿也不介意我把她们收入镜头中。一串串木头雕刻的鱼铃，顺着古朴的屋门乖巧地垂下，在不知道是风的吹拂还是人手的推动下，摇摆晃动。布拉格酒吧的狗，会叼着装满垃圾的小篮子，摇摇晃晃地走过四方街，去垃圾场倒垃圾，引起众人的一阵惊叹。而木府的老房子，十分安详地矗立着，在强烈的阳光下，投下巨大的阴影。

天气特别好的时候，玉龙雪山没有了一丝云雾的遮挡，我步行去束河，然后坐在油菜花地边的简陋小店里，就着一条烤鱼，喝着啤酒，感受风带来的雪山的气息。或是坐在某座房子的阴影底下，躲避一阵阳光的曝晒，或是嗅着不知名的草香，憧憬着下一站去白沙或是雪嵩那样的小镇。

我分明是喜欢丽江的，可面对嘈杂的人群，又分明感到自己与这里所存在的距离。樱花屋和对面酒楼上对歌的客人，溪水边扭动身子比试跳脱衣舞的粗矮男人和硕壮女人，在酒精和夜色的弥漫下显得放肆、喧闹。偶尔在心情极度糟糕的夜晚，来到灯红酒绿的某个酒吧里，要上一支云南红，点起一根ESSE烟，抽几口，让凉飕飕的感觉在嘴巴里升起。偶尔也会喝得烂醉，深夜里踉踉跄跄回到古南门，甚至敲错别家客栈的大门。

“你是第一次来丽江吧，你还要到哪里去？”客栈的主人喜欢这样问我。我说去白马雪山。他说那里可不怎么样，没吃没喝的，别去了，干脆去泸沽湖吧，我可以帮你联系车辆和那边的住处。我不置可否，踏着楼梯，来到二楼的廊道上，沏上一杯刚从隔壁店家淘到手的“青山绿水”，或是“兰桂人”。

白马，或者叫作白茫、白芒的雪山。

那时候，我还没有来得及认识三里屯西六街上的那位女孩子，她还没有来得及向我介绍与白马雪山有关的那些朱婧的歌——《香格里拉》和《白色骏马》。她还没有来得及告诉我，之前的某些时间里，她和我一样，也会坐在与雪山相近的位置，会在酒吧或是客栈的某个角落，在某个不被人注意的地方，记下自己的名字。

而这些，后来都要让我把丽江归结为我们的小镇，私人的小镇，那里是我们端坐在日常生活里神秘对望的一个远方的世界。我们心思密布，我们的秘密深藏不露。在雪山脚下随手摘一朵不知道什么名字的花，撕成八瓣，每一瓣都能反复呈现我们讨论过的一幕幕：私奔、恋爱，逃出别人的手掌，或者干坏事，像妖精一样。

那时候，我更没有想到，仅仅数月之后，我要开始围绕整个喜马拉雅的两面，开始自己年轻时最为广袤的一次旅行，并再次来到滇西北，来到这里。

喧闹的夜色让我感受了自己的虚空与落寞。但声色犬马与灯红酒绿，只是旅行中一份额外的渲染，它无法对内心里隽永的风景真正着墨。

卡瓦格博和缅茨姆

我面向神圣的雪山祈祷。面对她，我感受到了她无时无刻的威仪，以及她的拒绝，她的高高在上，她的冷若冰霜。她让我的每一次到来意味着又一次的离别，艰难，遥不可测，仿若漫长的命途。

2005-10-22

时间行进到2005年10月。这个匆匆而至的秋天，当我经过一段十分漫长的旅途从西藏再次来到滇西北，人们常说难得一睹真容的梅里雪山，向我敞开了它的全貌。许多人慕名来到德钦，为的就是近距离观赏到这座雪峰的全貌，但在每年的大部分时间里，她都隐藏在浓厚的云雾之中，不肯轻易示人。

那个寂静的午后，我在疾驰的越野车里昏昏欲睡。滇藏公路自离开汹涌的澜沧江开始，便盘旋着进入一段陡峭的悬崖，不经意间，对面一座巍然屹立的雪山，带着傲然的寒气和炫目的白色，就在我陡然抬头的刹那，扑面而来，逼人魂魄，让我睡意顿失。

这就是庞大的梅里雪山群，她由南向北，十三座海拔超过6000米的雪山一字排开，气势磅礴，让人不由得在她的面前感到令人俯首的威严。

滇藏路上，我听外人说过梅里雪山。梅里的主峰卡瓦格博，藏语意为“白色雪山”，也叫太子雪山。在藏传佛教的传说中，卡瓦格博是位九头十八臂的煞神，后被莲花生大师教化，改邪归正，从此皈依佛门，做了千佛之子格萨尔王麾下一员彪悍的神将，位居藏区八大圣山之首，迄今为止，仍是无人登顶的处女峰。而我最为喜欢的是那座叫作缅茨姆的雪山，位于卡瓦格博东侧，她是梅里雪山群中的美女峰，窈窕婀娜，像是一位亭亭玉立的女子。

缅茨姆，藏语意为“大海神之女”。传说缅茨姆是卡瓦格博的妻子，当时卡瓦格博跟随格萨尔王远征恶罗海国，恶罗海国国王想蒙蔽他，将缅茨姆假意许配给了卡瓦格博，不料缅茨姆与卡瓦格博一见倾心，从此永不分离。我还从别人的介绍中得知，从飞来寺供奉的神像看，她是一位骑着鹿的容光俏丽的女子。

或是因为已时至深秋，天气又很冷的原因，那天下午，前往德钦飞来寺观看梅里雪山的游客并不多。只见三三两两的摄影师，正在飞来寺边上尝试着用不同的角度和镜头去拍摄对面这难得一见的雪山全景。风凉飕飕的。夕阳下，几个藏族老人正在转经，他们一边绕寺而行，一边推动着黄亮的转经筒。而寺院外面，还有几个藏族男人正在那里煨桑，一丝淡蓝色的烟雾弥漫在寺院上空。

载我从西藏过来的几位藏族司机，桑旦和强巴晋美等人，则把汽车停在飞来寺旁的观景台边，也走到寺庙那边去煨桑，只丢下我一人在公路上。其实，他们面对雪山时并没有显得有多么惊讶，也没有我身上所体现出来的惊悸与冲动，他们只是虔诚地进行着自己的仪式，把一大束松柏枝叶放进炉火之中，然后再向天空抛撒一把隆达，念诵起一段我听不懂的经文。在此之前，他们念诵经文的仪式，在我们一路所经过的所有重要雪山山口，都要进行。

不久，或许仅有一刻钟左右的时间，对面太子雪山脚下，便有一团浓浓的云雾从峡谷中悄然升起，将整个雪山很快隐藏到了自己的身后。

看到雪山被云雾干净利落地遮挡，那些住在观景台周围酒吧和客栈里的摄影师们开始收工。这样的下午，对向往目击梅里雪山全貌的匆匆旅行者或者摄影师来说，都是一种幸运，对我来说也是如此。虽然我非常希望自己能够拥有更充分的时间来体察这座雪山的伟岸，来与她长久地无言对视，然而就那么一刻钟的时间，也仍旧让我感到已经不虚此行。因为我觉得时间的长短和视线的远近，都不能决定一个人和这座雪山真正的距离。只要能在与她的对视中获得某种心灵上的感应，我想我的梅里之行，就应堪称完美。

夜色临近时，桑旦把我喊回到车上，我们要在天黑前赶往前方迪庆州德钦县城所在的升平镇。车过山崖的拐弯处，我不禁再次回头遥望了一眼对面被云雾所笼罩的梅里雪山，那神情伤感而妩媚的缅茨姆，即便薄雾升起，她退回到那层含羞的乳白色面纱背后；即便在山路的转弯处，之后我的目光再也不能与她相见，但我知道她永远代表着爱情的冰清玉洁，神圣以及永恒。直到许多年后，这些雪山的剪影，依旧深深地烙在我的心中，挥之不去。

面对雪山细心而虔诚的雕刻师，带给了我轻微的震撼。当我尝试着用触须般的神经和深藏血液的脉管，去书写这座雪山所折射出来的伤感， 我的文字便开始战栗起来。 / 杨舒 摄当金色的阳光照耀在梅里雪山上时，我明白了，多年来我所深深缅怀的，其实至今仍未为我全部了解。

整肃生命的仪仗

雪山向人呈现着一种宁静、凝结其内的心理力量。白雪柔和地覆盖在锯齿般的岩石山巅上，显得壮丽纯洁，吸引不同背景、不同文化观念的人前来观看、拍照，或者顶礼膜拜。大家设法以不同的方式融入它所显现的那种力量当中。对于大部人来说，来到香格里拉，来到德钦，旅行的最亮点就是来观看这座平时拒绝人观望的雪峰。而对于我，仿佛并不仅仅如此。

在当地的藏族人心目中，梅里雪山是他们的保护神，所以长年被浓雾笼罩，只有极虔诚幸运的人，偶尔才能看到隐藏在云雾背后的真实面目。每一年，很多藏族人都会花很长的时间围绕着这座雪山朝圣。他们从遥远的地方，磕着等身长头一路拜谒而来；或是围绕着庞大的梅里雪山群那漫长的转山路转山。他们不停转动着手里的经轮，嘴里念诵起一段又一段的经文。

藏区流传的《指南经》有载："卡瓦格博外形如八座佛光赫弈的佛塔，内似千佛簇拥集会诵经，具佛缘的千佛聚于顶上，成千上万个勇猛空行盘旋于四方。这神奇而令人向往的吉祥圣地，有缘人拜祭时，会出现无限奇迹。戴罪身朝拜，则殊难酬己愿……"

《指南经》对梅里雪山的外转路线沿途所有景物，皆依佛教的内容做出了指引和解说，因此，所有景物都成了佛的印迹灵物。甚至还有这样的传说：登上西藏拉萨的布达拉宫，便可在东南方向的五彩云层之中看到卡瓦格博的身影。可见梅里雪山其巅之高，其辉之远。

艰辛卓绝的转山活动，是藏族人向雪山朝觐的最高礼仪。那些虔诚的朝圣者，面对圣洁而纯粹的雪山，艰难前行，一路上用身体和信念丈量前路，将自己匍匐在雪山的面前，意味着将自己的灵魂在雪山大神的面前剖开、清洗。那也是他们毕生的信仰，因为按藏传佛教的说法，有缘之人可以在转山与朝圣时得到如意妙果，护佑今生来世。

这些宗教和信仰，往往令我感到羞愧。我很少关注自己是否存有信仰，或者，很少想到自己究竟有着多少慈悲心可以用来承载苦难，舍得奉献与牺牲。我和当下的很多人一样，已经活得越来越只着眼于眼前，坚信物质远要比自己所未知的精神世界更为伟大，感觉没有什么不可或缺，内心蒙尘，冷暖不知。

后来，离开德钦后，我无数次回想起那样的一幕：车过山路的拐弯，那排连成一线的山峰，雪白威仪的雪神的仪仗队陡然不见，让我十分伤感而又落寞地回转身来，虽然目光注视着车行的前方，可脑子里，却仿佛还面对着身后那些纯净的雪山，眼前晃动着一排洁白的佛塔，无数印满经文的风马旗在秋风里招展，它们让我对雪山产生了 ·种更加奇妙复杂的崇敬。

藏族人认为，雪山之巅存有神灵的居所，因此是人类不能够抵达的地方。这座雪山至今拒绝人类的攀登。而对我而言，雪山大神散发出的神秘气质与美丽，那是一种清浅的心理愿望和想沉溺于其中的心头欢喜，一种迫于爱的忧伤，或是沉醉。或又像20世纪20年代来到这里探险的美国人洛克所说的：“在主峰东面，是整个山脉最美丽的山峰，像神话故事里的一个冰宫，又像有庞大阶梯和支柱的一个巨大陵园。上面有一个壮丽雄伟的冰雪圆顶，逐渐收缩为一个蔚蓝色的塔尖，几近透明地插入蔚蓝色的天空。”

面对雪山，回想之前的北京三里屯西六街，我从那里开启我的喜马拉雅之行。回想与那条街道上的那个喜欢滇西北喜欢朱婧唱歌的女孩子的道别……探险家洛克当时来到梅里，是无意中闯入了自己梦想中的天堂，而我，这里则是我，一个逍遥的长途旅行者的秘境，是我寄放自己内心愿望的一座“神宫”，是我想保存自己与自己对话的一处灵魂的居所。

这是雪神的仪仗。云彩、洁白的佛塔和桑烟，以及在秋风里招展的风马，都让我对雪山产生了一种更加奇妙复杂的崇敬。 / 杨舒 摄

在白马雪山

所乘的从德钦到中甸的长途班车，由于司机忙于赶路，不肯在白马雪山山口停驻，是个不小的遗憾。后来行至下山途中，终于要在一处水流旁加水，这才停下。

得以下车，自然分外欣喜。站立长久，远远望去，想起朱婧的歌，想起……白马雪山那刺目寒冷的雪光，刺得心脏紧紧缩成一团。山间悲戚空寂，突然下雨。

秋雨如泪，一滴一滴落入松林间，簌簌有声。
再乘车，回头，我的白马雪山，已骤然不见。

2005-10-22

我对你说过，昨夜我又梦见自己回到了白马雪山，回到了金色山林和阳光静悄悄的地方，回到了那匹白色骏马的身旁。

让我回到梦中出现过的雪山上去吧，一座叫作白马的雪山。在地图上，她位于滇西北的德钦到奔子栏之间，隔着澜沧江与梅里雪山遥遥相望。她是梅里的女儿，传说是在和情人相会的时候，舍不得离开，在金沙江边奔子栏旁，化身而成了雪山。

在白马雪山。是的，白马，一匹俊秀的白色骏马，神采奕奕地跃然于寂静的山冈之上。而不是有人所说的白茫，或者白芒（白马雪山也被人称为白茫雪山和白芒雪山）。

我对你说过，昨夜我又梦见自己回到了白马雪山，这是我所见过的，与其他雪山多么明显不同的一座：那么温柔，那么静谧，那么美丽清澈的眼神。还有她脸庞上已经凝固成雪成冰的泪滴与热情。和她对视时，她那如同小鸟的眼神里，透露着仿佛千百年都不曾改变的婉转、明媚和依洄。

让我回到白马雪山，回到梦中出现过的她的身边去吧，成为银装素裹、白皑皑的雪和冰的一分子，成为金色山林的每一片灿然的树叶，成为透明阳光和清凉山风的一缕，成为抚摸她满头秀发的双手，安详地陪伴她在高高的山冈上踱着细碎的步子，放弃远走的渴望，然后安详地站在距离金沙江和澜沧江不远的地方，望着人群而忧伤。在夕阳下山，在时间仿佛将要停顿的时候，她会悄悄走下落寞的山冈，会俯下身子，会唱一首你所喜欢听的朱婧的歌。

在白马雪山。我站在雪山脚下金黄色的山林里，云雾在上升，在涌起，而雨滴却在飞滑和下落。它们都显得那么簌簌有声。

在白马雪山，我只消说，你听！

山林还充斥着明媚，一阵突然而至的金黄色细雨，却让远处的雪山陡然变得伤感起来

奔子栏看到的一处金沙江拐弯。这里相传是梅里的女儿——白马雪山和她情人相会的地方。

中甸，植入身体的两种颜色

白天行走，晚上喝酒，一次次，在独克宗古城，无法抵挡心头的黯然。川、滇藏线一路过来，对拍摄照片已经丧失了兴趣。这已是滇西北的十月，我感到寒意，心绪如秋风扫过的原野，紊乱、零落。但原野上那火红的狼毒，却又让人全身的血液沸腾。

内心矛盾着，就如同面对这风景。

2005-10-24

从德钦经过白马雪山，经过东竹林寺、尼西、纳帕海，我来到中甸。斜阳静静地照耀着古城。老旧的屋顶上那些用云杉木段劈成的房板，经过高原强烈紫外线的灼烤，已经变成了深沉黝黑的颜色。它们被一块块白色的石块压着，整整齐齐，交相辉映。

这时，已是十月的下旬。那种火红的灌木——狼毒，在田园的附近多半已被人铲除。一排排整齐的青稞架，上面搭满金黄色的青稞，原始而古朴。而旷野上的草色，已开始发黄。黄树林的颜色，随着秋风的愈发寒冷也加深了色泽，显得有些黯然。

这已不能算是中甸最好的风景，但深秋的中甸，依然具有强烈的视觉冲击力。我多次在中甸的旅馆里向人推荐我常走的一条路线：傍晚时从奶子河边出发，漫步走向噶丹·松赞林寺——这是一处被称为“小布达拉宫”的藏传佛教寺庙。

虽然我在西藏已经拜谒过太多的寺庙。但那时候，西下的阳光会在附近的山体上打出柔和的色泽和光晕，笼罩寺庙以及周边的村庄和人家。上覆镀金铜瓦的寺庙建筑，在阳光的映衬下，闪烁着夺目的光芒，对我依然充满着吸引。

远方，牦牛在啃着孤独的草皮，它们在阳光下闲庭信步。石木结构的藏族村寨，连接着庄稼已经收获的田地及山间盆地当中的草场。有些田地刚刚被人们耕耘过一遍，空气中能嗅到清新的泥土气息，还弥漫着一股秸草燃烧的气味和新鲜牛粪的气味。一切都让人感受到大地的慈善与恩爱。尽管此时的风，刮在脸上已经让人生痛。但我乐意这种被阳光和秋风穿透身体的感觉，乐意它们寒冷地刺入我的胸膛当中。

我是诗意的，在继续着自己一个人的旅行。在距离中甸稍远一点的尼西，或是小中甸，当我走出那里的村寨，在十月这如水般宁静而透彻的阳光下，我会情不自禁地来到遍布狼毒的旷野。这种深秋时节已经红透的植物，它们像是埋在泥土里的火种，使大地呈现出均匀的线条状，或是一簇簇花团状的红色，铺满深秋的大地。使我不由自主想起那个中文名叫“小梅”的美国女孩来到这里时所说的，红色是代表着血液、温暖、爱意与火热的颜色。当光线投射在长满狼毒的原野时，大地红彤彤的，看起来像是在无限地接近燃烧。而头顶上的天空，则是一望无际的蓝，天蓝。蓝色是代表湖泊、河水以及血管与宁静的色泽。蓝色的天空中，只有少许的几片云彩，像缓缓蠕动的羊群悬挂在那里。而山峦在太阳的余晖下交织着忽明忽暗的光影，斑驳瑰丽。身边深蓝色的河水闪动着微光，并幻化出奇妙的色泽。

这是吸引摄像师最致命的视觉感受和色泽。对于我而言，红和蓝，两种颜色则渗透大地，如同在深秋的田原上深深植入我的躯体之内。我看到的人，他们在红与蓝的大地上，笑容舒展，没有丝毫假意。他们有着这片美丽大地之上最简朴的生活和最美好的时光。一壶酥油茶从烧着红红的牛粪火的炉子上取下，然后再被沏在那种精致黄亮的木碗当中。清亮芳香的青稞酒，盛装在一种细颈的瓶壶里，再倒入锃亮的嵌着银丝的木质酒杯。他们随意招呼你坐下，把糌粑、酥油茶和青稞酒置于你的面前，再望着你，露出高原般辽阔而宽厚的笑容。也许一个满脸慈悲的藏族老人，一位活泼调皮的藏家姑娘，一个帅气英武的藏家小伙，一段潇洒飘逸的尼西情舞，都可以带给人如诗如画般的回忆。

斜阳爬过山坡，高路上，最后的牦牛已经开始返回。在漫长的青藏高原之旅中，我曾长时间地接触与感知这种动物，如同我意气相投、心灵相通的兄弟，每每在抬头可见的远方，牦牛总是在向着更高的海拔前进，它们沉溺于寒冷、冰雪与缺氧的世界，充满不可思议的激情与粗野。牦牛是非常具备灵性的一种动物，就连它们的粪便，被高原上的风和日光干燥之后，也会化为火红的炉火以及帐篷内弥散的梦境。你知道，你知道，在那里，我将不由自主地陷入抒情及有限词汇的紊乱表达当中。但也有时候，我会长时间沉溺在风景中，不声不响，直到最后一缕阳光没入地平线，大地在苍茫中变得像是一幅即将被卷起的图画，我开始从旷野的迷途中返回，来到自己所熟悉的栖身居所。

这时候，中甸的月光广场，或是在尼西的居加村和小中甸的某个村落里，往往正意味着一场篝火和大型锅庄的开始。不分城里人还是村里人，不分男女老少，他们天生都是舞蹈家，他们的歌喉和服饰似乎天生都是为歌而生，为舞而来。群体的锅庄可以视为这里的人们快乐的生活轨迹和多彩多姿的生活旋律，是白天在大地上辛勤劳作的人们夜晚里依然不息的热情。火在夜空里噼啪作响，火花四射，则是璀璨生命的光芒，是我来到滇西北，蜿蜒在我体内的一门独特的语言。

秋天的色彩，深深植入我的躯体之内，连通着神经的末梢与情感悲喜的两极。

虎跳夜晚

从中甸到虎跳峡再到丽江，身心疲惫。起先，我并没有打算到虎跳峡，那里之前似乎一直没有对我形成太大的吸引。行走过后，却又如此不同。

进去，离开。往返总共两天时间。离开时，客栈里那条可爱的向导犬，送了我们一程又一程。可能和前一晚抱它坐到饭桌上和我们一起吃鸡肉有关系吧。路上遇牛，吓得汪汪直叫，但也不肯回去。我只好抱它过来，想实在不行，就把它带到丽江，交给客栈的主人张老师。但走了一半的路程后，在HALFWAY遇雨，在那里邂逅了一群逆我们方向而行的老外，这个可爱的家伙，可能又想着把这些客人带到自己家去吧，于是就又欢欣地带着客人回去了，真是见异思迁、喜新厌旧的家伙。

路上，同行的OOC和小贝夫妇，不认识还青着皮的鲜核桃，更不知道怎样砸开吃。不知道地里的玉米棒子如何撒开，再插根棍子放到火塘里烤熟。一一教给他们，一路走，一路玩儿，欢声笑语，添加了不少乐趣。

后面她们都说很累，都走不动。可头天租好的车在虎跳的桥头等着我们，约好的时间，是晚上六点整，过时不候。为了赶路，后来四个人的包，全以各种形式“披挂”在了我身上。遇雨，全身湿透，汗水雨水不分。有迎面而来的徒步者，看着我身上的包，表情吃惊。

在上海职场上打拼的小贝说，以后要是遇到了不喜欢的人，就把那个人介绍给我，让我带着那人一起徒步，然后累死他。众笑不已。

晚六时，终于如约抵达桥头，上车不久，所有人都很快昏昏睡去，睡醒之后，睁眼已是灯火阑珊的丽江市区，另外一种世界。这样也好。

2005-10-25

徒步虎跳峡的行程完全属于意外。要不是在中甸的“牛棚”酒吧所遇到的那群年轻人，要不是这群人中那位可爱的姑娘，要不是这位姑娘说我不带她走的话，她就会放弃虎跳的行程，我可能在自己很多次的滇西北之旅里，都与虎跳峡发生不了任何关系——这毕竟不是我原来所计划的行程。

她叫OOC，一位初次出远门旅行的南京姑娘。深秋时节，我痴迷地滞留在中甸，之前一路纵横青藏高原和喜马拉雅两面的经历，可能让这群小背包客们找到了安全感和心理上的倚靠。徒步虎跳峡，其实很早就已是一条成熟的旅行路线，十分安全，还相对安逸。当我说我不会参与这次的徒步之后，那时候，我看到了她的失落。

深夜，我跑到她房间要回了自己的书籍与旅行地图，然后在酒意中沉沉睡去。因为不必操心第二天早起乘坐前往虎跳大桥头的班车，所以睡得死心塌地。早上，我起来得很晚，当我懒散地下到院子，准备前去刷牙洗漱的时候，我十分诧异地看到，她独自一人站在二楼的廊道里，一副十分委屈的表情。

“你不是和他们一起去徒步虎跳峡了吗，怎么现在还没有走？”我问。

她说如果不是我带领着大家一起徒步，她是不会和那些人当中的任何人一起前往的，哪怕成为自己永远的遗憾。

她的话把我给震住了。我对心存美好向往的人一向由衷敬畏。每个美好的梦想，都是值得去呵护的，尤其当别人把信赖和希望，完全寄托在你身上的时候。看着她的眼泪在眼眶里打转转，我也不知何故地说了一句，那你去做准备，等我洗漱完毕，我们出发。

她破涕为笑。

从中甸乘坐长途客车来到大桥头，遇到来蜜月旅行的小贝夫妇。他们相约一起走。看得出是可信赖好交往的同路人，于是结了伴儿。一路上，OOC让我讲了很多雪山，以及自己和旅行路上的故事。她问我为什么她到丽江和中甸那么久了，却连雪山的影子都没有看到过，是不是因为自己会是个不幸运的人。我告诉她，那只是因为天气不好的缘故。指着玉龙山顶上的一小撮白雪，我告诉她，那就是玉龙雪山的山顶，你现在终于看到一点雪山的影子了，她激动得欢呼跳跃。

和在丽江所看到的玉龙雪山的正面不同，玉龙雪山背向金沙江虎跳峡的一面，尽是斧削般陡峭的悬崖。黝黑的岩石上，草木不生。但在山石的巨大断裂处，一些稍平坦的泥地上又绿意满怀，郁郁葱葱，生满草甸和林木。我们行走在虎跳峡谷靠哈巴雪山的一边，山势不那么险陡，山坡上时而还会碰到几户人家，有袅袅的炊烟升起。一些精致的小飞瀑，也会不经意间从山崖上落下，水花四溅。而路的下面，两山之间的峡谷里，金沙江的身影时隐时现，飞速的激流在山谷里被阻挡，发出惊天动地的怒吼。

到了中虎跳，我们居住在“张老师”家。沿着张老师过去修筑的一条简易小路，不用多久，便能下往虎跳峡谷的底部。那样的山道，对我来说没一丝恐怖可言，可对于OOC及小贝夫妇，却是寸步难行。几个人都吓得蹲在地上，用双手扶着山岩前行。后来，她羞涩地提出，让我拉着她走。伸手过去，手掌上满是细密的汗珠。

虎跳。

峡谷风光，需要屏住呼吸，去感觉，去体味，而不仅仅是观望。坐在江边硕大的石头上，疾速的江水呼啸着从远处的山涧俯冲下来，又怒吼着远去。迎着阳光，一江激流呈现成一团白花花的水光。而背着光线的一面，那些暗黄色的浪涛又会幻化成一种奇异的感受，它们附着在我的皮肤上，鼻孔中，或是脑海里，令人沉醉。

在虎跳峡，这条驰名的徒步线路上，有人在这里体会到大自然的壮观，有人欣赏的是地质、地理、地貌上的独特，有人在这里看到的是波澜壮阔的胸怀。当然，我在这里能看出的，是隐痛，是一段积攒久远，从心中的堤坝里喷涌而出的恋情。

我知道自己的言辞，对风景的形容显得有限并且多余。坐在石头上，或是躺在那里，金沙江从身边奔腾而过，寻找词汇、构造句子的想象力一下全都消失，脑子里也不能再积攒起足够丰富的语言，整个人呆若木鸡，就坐在那里，面对一峡气势磅礴、疾驰不息的江水，痴迷了下去。

这毕竟是一个充满传说的峡谷。据说这里曾有一头猛虎，借着江心的石头一跃而过，虎跳峡从而得名。面对一江奔腾的河水，我想，那头一跃而过的猛虎，是否和我一样，也嗅到了隐藏于浪花中的芬芳？

月圆之夜，大地明朗。只有山岩挺着黝黑的面容，在隔岸的空间里东张西望。清凉的山风吹过发亮的山林沙沙作响。江水的怒吼声，依旧在明暗不分的峡谷里穿梭徘徊。而身后面的山坡上，却一派静寂，村庄已沉沉睡去，只有偶尔传过来的几声狗叫，会划破夜，之后又重归寂静。

那是深秋十月的夜晚，风已如刀削。我轻声从木屋中走了出来，独自坐在峡谷边上，如此沉重，而又如此松懈了下来。我愿意把沉甸甸的自己，放置在一峡湿淋淋的月光中，任夜风把它切割得遍体鳞伤，仿佛就可以获得灵魂片刻的轻松。我愿意一个人就独坐在那里，把让人生疼的又一个夜晚，平静地安度过去，把思念湮没，把灵魂带出窍。直到月亮落下，天幕透露出微弱之光。直到乳白色的晨雾盛满山坳，另外一个清晨在轻柔和迷离的晨烟中，重又开场。

抓起一把闲散时光

在丽江，除了带OOC和小贝夫妇外出游玩，再无他事。或者在一个又一个酒吧、餐厅的留言本上，写下自己的名字，记下自己才能看得懂的字符。

OOC请我去樱花屋吃饭，说是感谢。叫了七分熟的牛扒，却依然生，血淋淋。她笑我是不是在路上茹毛饮血，已成习惯。

此女子，不知其心思，七七八八，反正。

先送小贝夫妇，再送她走，然后我走。

凌晨出古南门，帮她打出租车去机场，临行，看她泪流，然后上车，关车门，车远去，木然相送，不知说些什么。

回到客栈，收拾妥当，我也背包离开，去川西的稻城和亚丁。

路途中的相遇，也许从此便再也不会重逢，和年轻时的很多事情，一样。

2005-10-27

熟悉的古城，熟悉的客栈。熟悉的小院，还有熟悉的主人。熟悉的露台和楼道，还有熟悉的阁楼上的茶桌。

熟悉的小雨，每天早晨、黄昏和半夜时分，都会准时飘落下来。熟悉的雨声，敲打在屋顶上，会发出熟悉的滴滴答答的声响。熟悉地睡着懒觉，熟悉地不一觉醒来。

熟悉的一座雪山，在熟悉的远方，扑面而来。熟悉地站在那里，想一想，唉，纷杂的心事，还有熟悉的烦恼。

熟悉的街道，延伸到巷子深处。

熟悉的小店，门都开着，灯光亮着。熟悉的酒吧主人，会在走进门的时候，送来熟悉的笑脸。熟悉的墙壁或是柱子上，挂着自己熟悉的签名和留言。

熟悉地看着一张张不熟悉的面孔，在溪水的那一边，在小桥的那一边，在阁楼的那一边，在酒桌的那一边，在烛光的那一边，在街道的那一边，在人群的那一边，在雨伞的那一边，一切都是熟悉和不熟悉的，和自己却又无关紧要。

熟悉地走到木鱼铃的店铺那里，摸摸鱼铃，熟悉地笑一笑转身离开。带着朋友，去看熟悉的三眼井，熟悉的大小石桥，然后坐在熟悉的民居屋顶上，看大云压境。雨落的时候，去熟悉的溪畔，吃熟悉的食物，喝熟悉的蓝鸟咖啡。

在樱花屋，熟悉地要上一份七成熟的牛扒。熟悉地坐在阁楼上，看河岸两边的陌生人对歌，比试着跳脱衣舞、肚皮舞。一瓶熟悉的云南红，熟悉地看到邻座上的女孩，有明媚的秋波暗送，熟悉地拒绝陌生而来的一段所谓“艳遇”产生。

早上五点，熟悉地帮朋友背起包，走过熟悉的南门，熟悉地送上到远去机场的出租汽车。回到熟悉的客栈，收拾好自己行李，然后熟悉地一个人带着孤独，走更远的路。

一切都是熟悉的。

仿佛连伤心都熟悉得那么一样，没有丝毫特别。

只有第一次来丽江时，那时候的我，还不认识现在的你吧。那时候的我们，应该是不熟悉的。

冥暗中缤纷的舞者

华丽而精彩

像无数只耳，敏锐地止于风中上升的脚步

点亮头顶上空

一千颗与之心心相印的云

新疆：

想念
远方云朵

某些时间，我会想起远方的云朵。想念胡杨林在金色晨光中的低语，还有辽阔草原上的星辰。想念大风掀起沙漠上柔软的潮汐，想念雪光中流泪的冰峰和一往情深的湖泊。到了新疆的人们啊，请不要忘了替我问候她。

2000年夏天，和当时的同事也是好友么么茶沿着“丝绸之路”去新疆，是我长途旅行的开始。

这次旅行，与我人生当中很多的第一次不期而遇。比方说第一次看到雪山、沙漠、戈壁、草原，第一次遇到海市蜃楼、大漠孤烟。

正是那些广阔天地里不断冒出的新鲜事物，不断激励着我，从而让我最后下定决心，要离开南方那个工作和生活已久的小城……

时光空寂，如透明的信封

端午，蒿草插上屋门，粽子和瓜果还在飘香，美酒还没有来得及品尝就被打翻后粘满远行的衣襟。乘车旅行是我们有意选择的方式。我与么么茶从一个南方小城的节日气氛中撤离，乘汽车过武当、跨汉水，夜间途经河南的邓州、西峡，再经过陕西的丹凤、商州，然后翻越大秦岭，到达古城西安。

古城依稀，没有太多形容。想来，这个夏日的傍晚，在西安的一些街道和角落，至少有人看到过这样两个人：背着大大的旅行包，时而停留在古城墙下，时而对着高处的城阙楼阁东张西望，然后穿过灰色的城门，进入到火车站，最后爬上了一列开往新疆的火车。而我，就是其中那个还佯装戴上了太阳镜的肤浅的家伙……

2000-06-07

数年后，么么茶还时常在电话或者短信中问我："什么时间我们能再同去一次新疆，沿着原来走过的路再走一遍？"提问一时让人语塞。其实新疆我后来是去过第二次、第三次的，只是再也没有沿着原来的路线走。

再去回想第一次新疆的旅行，它们像是悬浮和停泊在空气中的巨大疑问，充满彼时的惊叹。时光并不和某些具体的事物一样存在归宿，留下这样或那样的结局，因而那些成段的记忆，从来都不曾结束，只是自己的目光和步履还没来得及停顿，就已措手不及地与其擦身。想要重温那些密密匝匝的风景：起伏的山峦、褶皱的流水、流光的闪电……只能转过身来远远回望。

迟早你会喜欢新疆的，只要你迟早到过那里。能拥有新疆之旅，我想我是一个幸福和幸运的人，虽然只是一次短暂的夏日旅程，相对于广袤的新疆来说，更是如此，然而，却得以领略到了她令人惊讶的气质和令人战栗的美。回忆起新疆，就像在轻轻叩问一个发生在过去的梦。她的确已是那样遥远、恍如隔世，然而带给人的质感，却如此真实而又清晰：细腻、温软，仿佛依偎在昨夜的身边，触手可及。

我愿意把自己对新疆的回忆，比喻成一个牧羊人手持一根羊鞭，在努力寻找那些留存在大地上的依稀鞭痕，在每一道鞭痕里，都隐藏着永远令人为之心动的蛛丝马迹。我一次又一次尝试着用文字记录下我呼吸到、触摸到的新疆，然而却一次又一次中止了自己的行为。一种过于沉溺其中的热爱，使我无法清晰地从缅怀中自拔。于是，我对她的思恋和怀念，常常就到一个人独自兴奋、激动、回味、想象为止。为此，我的笔实在派不上多大用场，但我还是想竭尽所能地告诉别人，我对新疆的确是怀着一份特殊的留恋，以及一种无时无刻的耽念。

再来翻看自己十年前为那次新疆之行所记下的文字，我明白被满腔多情所催生的伤感，它们只骄傲地属于那个年龄的记忆。那时的矫情，已被那时的记忆不加掩饰地予以许可和承认。放在现在，它们也许过于抒情，过于酸涩，但它们依然因在生命里的不复存在而唯美高贵，像火红的石榴，在自然开裂的瞬间，饱含鲜活的生命的汁液。

很多人隐匿了过去，是以为伤痕和隐痛可以掩盖。而我总固执地认为，那些属于自己的印记，即使是尘封起来，伤疤依然也会隐隐作痛。所以，还不如拿出来加以面对。当我小心翼翼地趴在电脑前，梳理那些不曾随远去的时光一起漂白流失的文字时，我欣慰于自己指尖上的疼痛还没有完全消逝，这说明我尚未完全麻木。

回想起2000年，那时候，我还在南方一座足够安宁而又充盈的小城。那时刚参加工作不久，正是天马行空、理想而倥偬的年纪。我和么么茶是同事也是好友，和他人一起合住在单位分配的宿舍里，那是职工家属楼上一套多室多厅的房子，极尽空阔，白炽灯、电视机日日夜夜开着，卫生间里漏出的水整天嗞嗞作响。时间和流水一样，我们任其渗漏，也不觉浪费和奢侈。和所有以梦为马的年轻人一样，我们时常躺在狭窄的单人床上展开着青春无穷无尽的幻想。

从我的窗户望出去，不远的山冈上密布一片松林，每天都会被风搅起阵阵松涛。林中还有一些老旧的坟墓，沉默在幽暗的光线里，不见人前去祭扫。夏天的黄昏，顺着山冈爬到山顶上，可以看到小城的全貌，有时候，会遇到几只野兔从身边溜掉，还有五彩斑斓的蛇，吐出长长的信子，用树枝赶也赶不走，它们盘踞在山石上，十分骄傲。

买书、看碟，是我和么么茶业余时间里共同的消遣和爱好。那时候，单位餐厅供应的一日三餐都很丰盛实惠，可到了周末，我们还是会自己动手做饭，乒乒乓乓的，便训练出了一手好厨艺。么么茶很受女孩子欢迎，广交女友。其中一个，是和我们同在一个大楼内办公的电台的DJ，时常在大厅和电梯间里相遇。有一天，么么茶不在的时候，她跑到我们的房间里哇哇大哭，向我倾诉么么茶要和她分手的事情，我极尽劝慰，在吃过一餐由我亲手料理的晚餐之后，她才幽幽走掉。

送她走出单位家属楼下面那段长长的斜坡时，她突然拉过我的手，紧紧地抓着。我对这只突然伸过来的手感到不知所措，心惊肉跳，仿佛想要挣脱可又不能，一方面担心被家属楼走出来的熟人或是么么茶碰到，另一方面又不想从一个伤心的人手里用力把她紧握的手抽掉。她让我第一次感觉到，原来一个为情所困的人可以表现得那么无助。

灯光昏暗的斜坡上，空寂无人，瞥一眼身边，我们的身影被路灯拉得老长。跟随着她的步伐，我深一脚浅一脚地跟在她的身后。风吹梧桐树叶，在头顶上发出哗啦哗啦的声响，抬头，天幕上覆满黝黑的云彩，带着不可名状的神秘。

远行和生日之晨

生日，在西行的列车上。生日让我想起了童年，想起了许多年来，一直匿藏在内心的秘密之花。在辽远的地平线，我又仿佛看到了自己在家乡小时候所熟悉的那些山川和河流。我的童年，因为那些突兀的山岩、奔跑的大河、烂漫的山花，以及躲在矮树上的松鼠才变得那么有趣和幸运。而今，是在一条向西的路上，是在前往新疆的路上，这样的一次向西之旅，究竟会给我带来什么不同？

2000-06-09

在一辆西行的列车上，我和么么茶面对面地坐在餐车中，睡眼惺忪。迎着车窗外茫茫的戈壁和沙漠，我们略显兴奋，喝着爽口的乌苏啤酒，谈笑聊天，搞得极为形式。

这是2000年夏天的一天，我生日的一天，在通往新疆的道路上，笑语狂欢，抑制不住内心的激动。的确，在广袤的地平线上，被一缕柔美的霞光揭开生日之晨，是一件让人感到十分惬意的事情。当然，我没有忘记为自己要上一碗热气腾腾的汤面，还有一份煎蛋。生日的早宴，没有因为车厢的局限，而显现出丝毫的窘迫。

在那样一个清澈的车厢中的早晨，我们的情景应该是不多见的，喜悦洋溢在脸上，有点儿找不到合理的表达方式。我就斜靠在椅子上，漫不经心地感受着一个和自己相关的日子，一段即将开始的旅程。思绪如同被列车带起的风，在一眼望不到尽头的原野上徜徉，我甚至像是一个忧伤的老人，在暮年回味起平生的过往，有点儿忍不住要热泪盈眶。

坐在窗边，我还在长久回想黎明前那些还映照在戈壁上的月光。它们一片朦胧，清凉而望不到边际，如同原野上的风，黎明到来之际，它们又在六月的原野上飘散得无声无息、无影无踪。

当破晓的太阳，撕开黝黑天幕的一角，橘红的霞光，渲染着大片大片的云彩，我感受到了时间行经的脚步。而列车在前进中，将车窗外的事物，变幻成飞快后退的光影。被撞击的铁轨发出咔嚓咔嚓的声音，我的内心也随之起伏动荡。

这是在向西的路上，在西部，这是自己从未到达过的地域，这才是真正能称得上豪放和雄浑的地理风貌，才是古诗里所描写过的苍凉和静穆的意境。古人西行，往往伴随着羌笛、胡歌的哀怨，而如今的我，却是带着莫名的喜悦和兴奋。

伴随着一缕一缕跳跃的阳光，大地逐渐清醒过来，远处，雪光皑皑的一段山影从车窗外横陈过来。我翻开地图找到那里，原来是祁连山西部的雪山峰群，冷冷地矗立在分辨不清远近的距离上，闪着冷峻而孤傲的光。

嘉峪关。瓦蓝的天空和细碎的云朵，凝结了超越时空的力量。 / 叶强 摄

古老的城墙，是过去、现在和将来所要形成的历史，正如我在那些荒芜的旷野或者陌路上行走的历史。 / 叶强 摄

玉门，一匹遥望中的骆驼映衬出了我对远方的某种思念。 / 叶强 摄

一边草原，一边雪山

当连天的戈壁和沙漠一成不变地呈现在车窗外时，我对新疆发出的感叹大致是这样的一类词汇：粗犷、浩瀚、广阔、无垠。然而很快就又抛开了这些，因为雄浑豪迈之余，她又呈现出无比柔和无比秀美的细致。

列车穿过天山隧道来到达坂城时，首先有了这种感觉。在达坂城，沿途那些大幅的黄色和褐色，那些空茫的沙漠和戈壁，突然要让人轻易地忽略和遗忘掉，取而代之的，一边是草原，一边是雪山，是清新而又和睦的草原秀色。

羊群如同开放的白棉花，在流水淙淙的草地上缓缓蠕动，也像嫩绿的地毯点缀着一些白色花朵。而漫不经心的奶牛，显得特别懒，啃着地上的青草，一动也不动，它们难得抬起头来，瞧一眼远处天空上低垂的云朵。这样的场景和意境，让我和么么茶这样从来没有见到过草原的人，觉得眼前的风景就像是一种假象。

风在这里是湿凉的，即使是在六月，隔着车窗玻璃，用手掌可以感受到外面的冰冷。难怪柔嫩的草地和潺潺流水，连同那些牛群和羊群汇合而成的风景，仍然像是一片和煦的春色。

草原的另一边，是一直绵延到视野以外的雪峰，在阳光的照耀下，闪着耀眼的光。那些巍然的雪峰，在晴空下连成一线，让人深陷于它的静穆之中。而近处稍低矮一些的山峦上，融雪汇成乳白的溪流，顺着山坡蜿蜒而下，再四溢开来，喂养柔和嫩绿的草地，然后流进了波光粼粼的盐湖和柴窝堡湖。

两个男人被征服。之前，沿着古老的丝绸之路，在兰州、嘉峪关，在张掖和武威，在星星峡和红柳园，在哈密和鄯善，我们都还利用火车沿途停靠的间隙，跑到车站外走走，拍摄照片，买一些小东西，兴奋而新奇。而现在，我们只能保持沉默，只能忘掉所有的言辞和形容。在这一刻到来的，还有西部歌王王洛宾所写的《达坂城的姑娘》，一支关于爱情的、好听的歌。

自己的旅行，会不会也在赶赴一场心灵的约会呢？望着车窗外的风景，感到内心深处，有种神秘的暗示和召唤。

远方永远是滋生梦想的乐土，天空、云朵和草地，很容易让梦想变得更加轻盈肆意起来。

雪域边的城

第一眼起，就爱上了这里。远处是博格达峰，闪着晶莹纯洁的光。这个叫作乌鲁木齐的城市，她用她的建筑森林、城市广场、熙熙攘攘的车流和人群，迅速打动了我。还有那些夕阳下写着维吾尔语的店铺招牌、高楼上闪光的玻璃、风格不同的房屋的穹顶，以及她所散发出的木炭和羊肉串的气息，还有皮芽子、胡椒粉和孜然的味道，布满在我们白天里穿行的那些狭窄的小街道上。而阵阵烤肉的香味，伴随着升起的阵阵烟雾，发出的嗞嗞声响，还有商贩那卖力的叫喊声……整个城市显得五花八门，有些杂乱，但很热情。

2000-06-10

我是异乡人。一个微不足道的，从南方跑来的一个曾经自以为是的家伙。我喜欢旅行，去过南方许多风景秀丽的地方。可是我在眺望横亘在这个城市边缘的雪山时，却不得不低下了骄傲的头。是的，在乌鲁木齐任何一条大街或是小巷上，这座雪山都在我向她眺望的同时，也把我紧紧地注视着。冷峻、宁静，温柔慈善而又不失威严，让人置身于她的博大和静穆之中。

坐在鸿椿园宾馆十楼八号房的阳台上，我沸腾着浑身的血，爱上了这个雪山守护着的城市。

仿佛身不由己，又仿佛面对这样的一座雪山和这样的一座城，自己正处在宁静而又深邃的梦乡里，听到了大地清澈的心跳和呼吸。我在心目中曾经有过许许多多对雪山的向往，但是没有想到会有这样的一天，要以这样的方式来和她悄然间不期而遇，如此近距离地欣赏到她的耀眼和洁白，她的威仪以及她的冷峻。

雨水和雨水中的风，都在轻声拍打着这个雨季里温润的城市。2000年6月的一个傍晚，滂沱大雨过后的乌鲁木齐，天空刚刚开始放晴。我和么么茶推开窗户，又发现了这个雪山的秘密：天色放晴，阳光刚刚出来的时候，远距离的雪山，在我们打开窗户的刹那间，仿佛也在迎面向我们逼近。我们发出惊讶的呼叫声，惊动了楼层上的服务员，而当他们看到我和么么茶正不停按动着手中相机的快门时，才由衷地笑了。

我是一个异乡人，一个远来的孩子。而这是天山，这是博格达峰，这是乌鲁木齐。我的灵魂已经注定不能逃走，就像一个每天面对雪山朝觐的圣教徒。

美得让人惊艳的女子，是乌鲁木齐最司空见惯的美，她们流动在大街上，或者隐藏在小巷的商铺里。 / 老牟 摄

巴扎上做生意的老人，他自如的神情透露着一丝这里生活的舒张。 / 黄铁华 摄

记忆穿过城市角落

第一眼见到她，如同见到这里的雪山，如同神秘，如同暗示，如同召唤。

注定要从这里开始，要从这白皑皑的雪山之下，开始。

2000-06-12

马姐，是我和么么茶认识的第一位新疆朋友，一个开旅行社的女孩子，年纪不大，但非要我们称她为马姐。马姐真的很马姐，那时候，我们只是随便走进了她的旅行社，想了解一些旅游方面的事情。当知道我们初来乍到，而且我刚刚在火车上过完生日时，就很爽快地要义务给我们做导游。当然，这方面马姐是极专业的。

她是在不经意间出现的。在被马姐邀来参加我们小小的Party之前，还只是我们印象里一个在楼道上顽皮地吃着棒棒糖的女孩子，穿着灰白色的T恤，头上扎着马尾巴，她热心地为我们指点着怎样才能最便捷地穿行到宾馆的顶层上去。

当时，么么茶问我，是不是很特别。我说是的，而且我说我有预感，刚好晚上约了马姐吃饭，马姐一定会邀她同来的。为什么那么肯定？不信你看。么么茶说坏了，你可能是喜欢上她了。

接马姐的路上，我再一次告诉了么么茶这种感觉。果然，被证实了。马姐和她一起出现在我们面前的时候，么么茶惊讶极了。

坐在乌鲁木齐夜晚最热闹的夜市上，我们一边喝着清凉的啤酒，品尝着刚上市的哈密瓜，一边感受着雪山上吹来的风。当然，让人激动不已的，还有街头好听的少数民族音乐，以及让人瞠目结舌的歌舞表演。

一个卖花的女孩子，把我当成了一个地道的南疆人，而把她错当成了我的女友，不停地要我为她送上一朵玫瑰。大家都笑了，她也不好意思起来。

当送花小姐反反复复第九次跑来热心地劝我为她送一朵玫瑰的时候，我答应了。因为是第九次，数字迷人得让人无法拒绝。

马姐说，你们看起来真的很像一对情侣。

后来，她告诉我，那朵玫瑰被她养在办公桌上的花瓶里，一直怒放了两个星期，之后才开始慢慢凋零。她把那些花瓣，一瓣一瓣放进书页里，吸干水分后，精心地收藏起来。

记忆穿过城市角落。

一边逛街，她还一边讲述着我们所不知的稀奇古怪的事情。比如一根看起来没有什么特别的眉笔，一把草，于是，我们就知道了什么是奥斯蔓，知道了维吾尔族女孩子的眉毛为什么会像月亮一样弯曲，而且那么长，那么细密；也是从她口中，我们知道新疆的特产除了葡萄干，其实还有巴旦木、杏干等各种各样的干果；知道了“长长子巴旦木”是最好的巴旦木，因为表皮很薄，像纸一样，“长长子”翻译过来就是“纸”的意思，与此同类的还有“长长子核桃”；知道了能让木头唱歌的那些精美的乐器：达甫、都塔尔，还有热瓦甫和冬不拉……

她带着我们两个从南方过来的人，在像百货商场一样的大街小巷上穿过，琳琅满目的手工制品、色香诱人的美食瓜果，统统都让人难以抗拒。水果遍布大江南北，然而只在新疆成为浓浓的民俗风情。从她口中得知，“阿娜尔”这是维语对石榴的叫法，皮红个大的石榴，熟透的籽从裂开的果皮中显露出来，透明晶莹，像一颗颗红玛瑙，不少维吾尔族妇女取名“阿娜尔古丽”，也就是“石榴花”的意思，正是源于人们对石榴的喜爱，因为石榴好吃，花又特别艳丽，是维吾尔族女孩子所钟爱的颜色。

从二道桥到红山公园，她带着我们，极力让我们去感受这里。

有一会儿，我们并肩站在过街天桥上看红山风景时，么么茶举起相机，趁她扭头的刹那，把我们拍摄在了一起。她的长发看起来温驯、柔软，嘴巴抿成一个弯曲上翘的弧线。

博格达峰上的雪光

在天池，有着小小的惊喜。

最深的记忆依然是这里的雪以及它的反光。这里的湖水，也因雪山而呈现出不同于内地江河湖泊的色泽。雪光倒影，湖色别致。

在湖岸哈萨克式的帖房里，吃到了一种名叫“包尔莎克”的油炸面果，很松散，味道类似南方的炸面团。还有油炸馓子，黄亮亮，清脆酥香，就着炉子上刚煮出来的奶茶，还有酸奶和马奶酒。

哈萨克式的毡房，是一种带着圆形穹顶的大帐篷，地上铺着厚厚的羊毛毡子，周边挂着精彩的挂毯，或是色彩纹路都很别致的花布。主人家的小孩，在毡房里为我们扭起了哈萨克舞蹈，而我们落座四围，等着吃现宰现烤的全羊。

烤的时间不够，半生半熟的全羊，浅尝辄止，于是一哄而散，去看传说王母娘娘洗脸盆的西小天池，观赏山涧的瀑布。

众人皆兴。

2000-06-13

所要讲述的时间，和冬天无关。细数之下，却又觉得形同一口温软的陷阱，记忆中的时间概念，已经相对模糊了。雪光皑皑、绵延远方的雪山，以及衣短膊赤、披阳挂日的人们，使风景具有某种对立的可能。

六月是新疆一年中最热的月份之一。天山脚下的戈壁滩上，气温已经达到了三四十度，甚至更高。而在海拔近两千米的天池湖畔，我还是感受到了太多冬天的寒冷。这样的过程是嬗变的，起初是从皮肤上一点一滴、一丝一缕地滑过凉意，而后，它用渗透的冰冷，渐渐虏获了我的目光、肢体和内心。

其实，在这样的高度上，依然还存在着相当宜人的风景。比如高大的胡杨、榆树，还有云杉和银松。既有在平缓河谷内的散漫，也有连峰接岭、遮天蔽日的浓郁。甚至无比柔弱的草，一种嫩的黄绿色，也使险峻的山坡与低旋的鹰，和缓缓蠕动的羊群和马群，都找到了很好的背景。

天池水的绿，常常让人担心它会在无声中凝结成宝石。即使是成为飞流直泻而下时，也都能够感觉和触摸到，那种滑如凝脂或绸缎般的质感。在此时，风是无形和无声的，吹动哈萨克人白色毡房上的炊烟，雾霭布满寂静的山冈，有一阵一阵烤全羊和奶油茶的清香。

而这一切，都是和冷色调不搭边的，仿佛温暖有余。

我所体会到的，夏天中冬天的力量，依旧来自于那些远方的雪山，以及它的反光。白的、雪白的、雪白雪白的，我无法描绘出这些雪在阳光下庄严而肃穆的样子。我只能明白，这些力量仿佛来自于它那白得静止的命运的内部。稀少的云朵，从低空中擦着晶莹的雪山一掠而过时，我突然发觉，这仿佛一种极其微薄的呼吸，像冰棍抽出冰箱时，冒着让人吐舌的凉气。

它的光，就那样照耀着，让人眼睛生疼，但随着雪域而散发精彩。

这是博格达峰上的雪光，依在天池湖畔，没有孤独和骄傲，却有慑人心魂的寒峻；这是博格达峰上的雪光，即使是在乌鲁木齐的大街小巷上，也能看到的雪光，甚至在连天的戈壁上，我也无法逃离它的存在。

这些雪和它的反光，构成了西部无尽的苍茫当中，最醒目的一种气质。当我沿着古老的丝绸之路行进在关外的路上，这些雪和它的反光，在无尽的苍凉中，也彰显着它的生命的存在。

哪怕是在漆黑的夜晚，借着微弱的天幕之光，当我看到它模糊的影子，我就知道，那里此时正悄悄酝酿着一场隐秘的风暴。而黎明一旦到来，它又将活跃到我们四围，彻底洗涤我们那些艰辛而疲惫的行程。

红马和白马

去南山，然后到吐鲁番。回乌市路遇马姐，告诉我这些天她带着旅行团，去巴音布鲁克草原和天鹅湖去了。

南山骑马，第一次，不由欣慰。她属马，我也属马。她爱穿红色的衣服，我爱穿白色的衣服。红马和白马，突然想到这样的一个形容，姑且就这样称呼好了。

2000-06-14

南山。这里是一片梦境一样的草原，有着茂密的森林、蔚蓝的河曲、起伏的山冈。别人纷纷钻过牧场的围栏，钻过没膝的牧草，跑到一大片野花丛里高声呼叫和拍照，在那儿随心所欲地奔跑、跌倒、翻滚。而我则安静地坐在那里，沉浸在独自的喜悦中。

依旧是温暖的阳光，积雪的峰顶在阳光的照耀下晶莹剔透。高山上的草甸，像刚刚换新的动物的毛皮，柔嫩得可以依稀看到草底下黝黑的泥土。鹰在低空盘旋，缓缓移动的牛群、羊群，在透明的天幕下，和放牧人一样，显得优哉游哉。

这是第一次，在真正的草原上骑马。

去新疆后，我才知道，游牧的哈萨克人是真正知马懂马的民族，他们性格热情而豪迈，如同草原之马。他们不拘我们汉族人的繁文缛节。他们的爱情理念和生活的理念中，同时赋予了对天鹅和马的钟爱，天鹅代表神圣和纯洁，马则代表自由。

在哈萨克人的传说中，一个英勇的猎人和天鹅仙子结成了夫妻，结婚那天，两人骑着两匹雪白的骏马，像白天鹅一样飞翔，互相追逐。他们是哈萨克人的始祖。后来，哈萨克男女就以驰马互相追逐的方式来促成爱情的结合，也就是“姑娘追”。

据说在“姑娘追”时，要一男一女，两人一组，骑马并辔走向指定的地点。去路上，小伙子可以向姑娘逗趣，开各种玩笑，甚至可以接吻、拥抱，按习惯，怎么嬉闹都不为过，姑娘也不会生气。到达指定地点以后，小伙子要立即纵马回返，姑娘则在后面紧追不舍，追上后便用马鞭在小伙子的头上频频挥绕，甚至可以抽打，以报复小伙子的调笑，小伙子不能还手。不过姑娘一般是不会真打的，特别是如果姑娘本来就喜欢小伙子。但如果是姑娘不喜欢的小伙子，那姑娘就会毫不客气，挥鞭狠狠抽打。很多青年男女便是这样开始了相互间的倾慕。

虽然没有能够看到“姑娘追”，但在深山中，我们看到了当地的哈萨克人所敬仰的那道“圣泉”，从崇山峻岭间突然一跃而出，变为银色的飞瀑奔泻下来，在山岩上溅起一串串珠玉般的水花，在轰鸣声中，许多当地牧民正虔诚地跪在那儿拜谒。

一个爱开玩笑的哈萨克小伙子，指着身边一位骑马的哈萨克姑娘对我说，让她来追追你吧，她有三十多匹马，还有一百多只羊，是村里最富裕最漂亮的姑娘，还问我是不是要留下来，娶她，一辈子生活在一起。而她则很配合，点着头，一副认真而开心的样子。还有被称为全村最漂亮的姑娘，在圣泉下拉着我一定要和她合影，但要收五块钱的合影费，一切都那样没有拘束。

返回牧场的路上，在那位骑马的漂亮哈萨克姑娘的手语下，得知前方河畔处有更大的一片草场。于是，我骑着马，翻过一面小山坡，一路狂奔，在得得的马蹄声中，跑到了寂静无人的草原深处。

许久后，是在一片鸟叫声中，被马儿缓缓地驮回到牧民们的村庄。高天上，如水的云在缓缓流动。草原上，野花和溪水交织在一起，远处则传来牧民们悠扬的琴声。

我是马，但家乡没有草原，那里是一条川流不息的大河，那是一条在少年言志中节节而升不断抬高的河，像柔婉的刀锋，在山川里绽放和蜿蜒，它们在夜晚里升空，发出沙沙的声响，君临大地，挥动着巨大的翅膀，呼吸起磅礴的水花。

而她，才是真正的马。是她告诉我，新疆曾是天马的故乡，有苏昭的“汗血宝马”，还有相传汉武帝所钟爱的“乌孙马”“大宛马”，勇敢而坚强，忠诚于前方，忠诚于自己的行程。也是她鼓励我要像马一样热爱生活，要以雪山和草原般开阔的胸襟去看待将来，要像胡杨树那般坚毅，要像博格达峰上盘旋的鹰，去勇敢挑战各种困难与极限。

这或许就是很多年后她还在询问不止的，我当初为什么要喜欢上她的理由。这也是我两年之后，终于放弃了南方那份原本稳定、舒适、安逸的工作，辞职北上的原因。那时，我把她和自己称为红马和白马，我想，应该允许这样的一个比喻。

舒缓细碎的风，和没过膝盖的薄雾，让我感受到了从河水和草丛里散发出的浅蓝色的气息。

从天山到吐鲁番

车出乌鲁木齐市区，沿着吐乌大高速公路一路疾驰，逐渐进入干燥炙热的河谷，然后是灰蒙蒙的戈壁滩，心情变得烦躁起来。因为我明白，这趟行程其实已是在预演一场即将到来的远离。

热浪游丝般蒸腾，车窗外，那些赤红色的山峦，仿佛已经被烧透，热气覆盖在沟壑纵横的山体表面上。

到达坂城，这个让我和么么茶在火车上就赞叹不已的地方，终于可以更好、更清楚地看到一排排高大而整齐的风车，也可以看清公路旁边白花花的盐湖。然而，无论如何都再也高兴不起来。

想到了王洛宾，一个“西部歌王”的歌，还有他一生的传奇。因此，和么么茶，还有贺姐、飘仙一起去了王洛宾纪念馆，又一次聆听了《青春圆舞曲》《掀起你的盖头来》《在那遥远的地方》等好听的歌。

午后，汽车开到了距离火焰山不远的地方。在这个把鸡蛋埋在沙子里很快可以烤熟，用阳光灼热的石块可以煎蛋的地方，我和么么茶算是很能经受高温考验，但也只能在车外待上很短暂的一会儿，然后马上躲到开着冷气的空调车上。

那时，几匹被用来参观和拍照的骆驼，在炙热干燥的热浪中，毫无表情地面对着对面那些赤红色的山峦。

山体在残阳下显得更加模糊，气浪犹如蒸笼般逼人，这真正是传说中一毛不拔、寸草不生的火焰山啊，就算是再耐旱的植物，在这里恐怕也得被渴死吧。让人悲悯不已。

西阳西下的时候，行车途经了艾丁湖。在不断下降的地势中，我感觉到了，那一块领地，就在前方的不远处，不断下凹、下凹。如同心灵的失地。

是什么深陷其中？大地干涸的裂痕，甚至一汪宽阔的水泊，还有振翅的飞鸟，以及落日下闪动在草叶尖上的水露，还是五彩的盐晶？

接下来的几天，不紧不慢地在素有“火洲”之称的吐鲁番游弋。思绪则像坎儿井中的水流，暗穿过地表，从遥远的雪山，不为人知地流淌进一片葡萄庄园。

神情肃穆的苏公塔，在夜幕将要来临的黄昏，像是一位英武的武士，伫立在空阔的视野中。它那土黄色的华丽塔身上，筑有带着玄幻色彩的几何图案与纹路。而在塔内，在讲解员的介绍中，大家正听得入迷，我则看到了窗外一个西部的夏天正从身边悄悄溜走。从塔顶上，从天窗里，沉淀进来的暮色越来越重，有一种气息让人沉默得说不出话来……

六月的葡萄沟，葡萄还没有熟透，但窗外的夜色中，密密麻麻的葡萄挂满枝头。坐在窗台上，可以看到稀薄的月光无声地飘浮在身边，一幢幢农舍掩映在浓郁的树荫之中，一座座晾制葡萄干的“荫房”矗立在山坡上。

葡萄。美酒。夜光杯。

这是古老而卓绝的形容，却也像凄凉无比的写照。

我又想到了那座雪山下的美丽城市，还有那个夜晚的相逢。

当醉意遭遇别绪，离愁涌上心头，夜晚却渐渐沉默。

还有阿斯塔那古墓与高昌故城，后者以生的方式走向了灭亡，而前者却以死的方式最终存活，这是历史的造化与捉弄，是岁月造就的巨大悲欢和生死轮回。

从天山到吐鲁番，数天的行程如水般晃过，接下来将面临的，是一首真正关于离别的歌。

从葡萄身上，我感受到了青春的远逝，也同时感受到了它曾有过的从容与繁盛。我的巨大的离合与悲欢，就曾在这细密的事物身上交织。

云朵，云朵

等一切醒悟过来，已身到成都。这里，已回到相对意义上的南方。

回想新疆的最后时光，从吐鲁番回到乌鲁木齐后，当晚坐着火车离开新疆，第二天到红柳园，然后转乘汽车去敦煌。

开足了空调的大巴车在黝黑的公路上行驶，一眼看不到边的茫茫戈壁滩上，波光粼粼的水泽突然在天边惊现。琼台楼阁，形影袅娜。汽车向那个方向奔驶而去，然而快要驶到跟前时，水泊却陡然消失了，留给人的依然还是光光的戈壁滩。

所谓的海市蜃楼，只是因为光线透过云层在空气中折射的原因而形成，来新疆之前，已有所闻。而看到的大漠孤烟也只是龙卷风形成的涡旋，带动空气快速旋转，中间吸附着细沙和草叶，远远看去，像一道白白的烟冲天而起。

这是我人生当中第一次看到的景致，因为是第一次，所以有太多惊喜。又因为来这里遇到太多的第一次，让人应接不暇。

还有敦煌，艺术的瑰宝。在敦煌的行走，只能叹为观止，先去鸣沙山和月牙泉，第二天到莫高窟。在解说人员的引领和不断催促之下，仓促接触曾经只在梦中出现的敦煌。石窟、壁画、飞天、佛像，还有藏经洞……每一项都让人驻足，每一项又都让人欣赏不够。

敦煌的最后一个夜晚，我打着出租车，游走在这个小城里。出租车里司机师傅正播放着罗大佑和陈淑桦合唱的《滚滚红尘》："起初不经意的你，和少年不经世的我，红尘中的情缘，只因那生命匆匆不语的胶着……"

如同歌中所唱的那样，从敦煌回到新疆后，又见了她一面，却是最后一面，然后飞离。

2000-06-20

云朵，云朵。或者说，抬起头来的时候，我所看到的云朵，就像洁白的羊群从高远的天空里莅临。她们带来了水声，带动了来自天堂的神秘音乐，带动了时光在大地深处的流动，带动了风吹草低的意境。她们还带来了一声舒缓的轻唤，仿佛是叫着谁的名字，然后滑过了抬头所见的一抹斜阳。

之间，从一个刚刚显露绿意的山头上望过去，这个光秃秃，或许也只能显现出这般绿意的草皮上方，云朵变幻着颜色。她们低垂在那里，在灿烂的阳光中显得光洁、柔软和蓬松，挨近我们的头顶。云朵在褐色的泥土上方是饱满的，吸足了水分和营养，所以心思密布。

一定要告诉别人，一定要告诉自己，这是真正的云朵，这是西部才会有的云朵，这是离大地很近的云朵，飘浮在像湖水一样深蓝的天空中。

沙漠和戈壁的午后，我所经历的云朵，她们安详地掠过一道道雪山，给了大地纯粹与宁谧，给了我夏日旅程上的甜蜜与沉醉。而当我抬起头来的时候，她们在我的目光和愿望中打开。在我低下头来的时候，又夹杂着一阵金黄色的细雨，从高空中缓慢收拢。

广袤的大地显得风平浪静，远处的绿洲和村庄上，乳白色的炊烟正袅袅升起，我看到一些洁白的石头平整地躺在河滩上，一些马匹和羊群，正爬上对面的山坡，而此时的列车，开足马力向着远方的云朵不断追赶，却又不能真正接近。

或者说，我所看到的云朵，打开了一面天空，在我整个西部之行的路上，云朵渐行渐远，而列车上一首王洛宾的歌却越来越近。我有些痴迷了，如此深情而又专注地沉浸了下去。

在鸿椿园的楼下，她朝我微笑着，伸出了自己的双手。欲语无言。没有眼泪。没有风。没有行人和车辆。只有静止的心跳和呼吸、留恋的目光与眼神。然后，我掏出那张从西安带过去的CD，那是当时手头上所能拿出来的最合适的礼物。CD里面有陈明演唱的《等你爱我》，那是当时正在热播的《将爱情进行到底》的主题曲，我很喜欢的一首歌。

握手。感受温暖与悸动。纤细的指尖，像水面上柔和的涟漪，动荡着将平静打碎。之前，我还从来没有这样握过一个女孩子的手，也从没有这样对一个女孩子表达过。我说想用陈明唱的那首歌，来传递我此时的心情……当时还觉得是一种过于唐突的方式。

有一刹那间的停顿，但她很快恢复了常态，微笑着，向我道了声“谢谢”！然后，我目送着她转过身去，浅红色的身影穿过马路，在前方的人群里骤然消逝。

几天后，回到乌市，转而直接去机场。车在奔驰，城市在远离，风景在倒退，意识在游走，像是一场梦，或者无法形容的一种感觉。去机场的路上，我传了一遍她的寻呼，留言给她，告诉她自己在去机场的路上了。寻呼小姐迟疑了一下，要求留下全名。从那时起，我陡然发现自己已经正在远去，正在朝着与她越来越远的方向与距离前行。

白云、雪山、戈壁、沙漠，飞机起飞后，穿越阳光照亮的云层，坐在窗边，低头可以看到大地上那些已经熟稔的风景正一点儿一点儿从视线里消逝，自己则如同一只恋恋不舍的归鸟。而飞行过程中，在遇到气流时，机身那一阵又一阵的颤抖，则像是一种隐痛。我茫然无措地环顾四周，机舱里空气郁闷而沉重，头顶上方飞机飞行不平稳的报警声不时响起，令人感觉到灵魂的失重。

两个多小时的航程中，我就靠在座位上，看着自己在云雾中穿行，窗外的风景模糊而迷茫，带有太多的不可靠和不确定性，直到来到成都双流机场，走下飞机，一场雨没头没脑地从天而降，我才伤感地睁大眼睛，不得不接受已经回到了南方，到了另外一个城市的事实。

也正是从那时起，我开始清楚自己已然完全离开了新疆。从此，新疆就如同梦一般的事物，萌发着白色的根须，在记忆的空地上生长。像柔韧的枝条，在明亮的雨水里发端。像一场金色的细雨，隔着时空的距离，纷纷扬扬。

习惯已经让我养成了观察云朵时的某种偏执。当细雨将要从云朵中落下时，我深知那些遥不可及的幸福和欢喜，正有可能被收藏其中。　/小刀 摄

世界亲近了

在醒来我爱的是天幕之下

一线蔚蓝的风景

希望止息、微风轻探

打开天窗

世界亲近了

哦，尘世远了斜穿到晓的路途，

连通天涯的领域和心情

青海：

天堂的马肚子含毒的野花

2005年9月的青海，当我步入初秋的高原，仰望这里湛蓝的天空和洁白的云朵，时间成了我的另一束秘密之花。

别有用心地喜欢上青海和青海湖。因为那里的阳光是蓝色的，那是一种爱情的颜色，那里的阳光只有那样一种色彩。

于是，几次去了那里，为了蓝色的阳光、金黄色的油菜花海，还有美丽无边的湖、绵延远方的雪峰……

我和你之间的路，还要走多久

我潜行着，时间成了自己的另一束秘密之花。充满阳光和激情的夏天，像一封少年的情书，在虚妄执着的火种里慢慢烤焦、卷曲，最后燃成灰烬，秋天忙不迭地到来了。

当我2000年夏天从新疆返回南方，一年多以后再从南方小城来到北京，我还不可能想到，生活的变故、世事的更迭总发生得那么突然。2002年，在经过两年多的书信、电话联系之后，被我称为“红马”的新疆女孩，也辞职来到了北京，我们终于可以彼此接近、牵手，我们以为我们以后一辈子都不可能再分开。我们如期与双方的家长、亲朋相见，并一步步盘算着未来的一切，然而，貌似有条不紊的秩序一瞬间被打碎——而究其缘由，诸述不宜……

离开，雨水中缓慢离开，直到彼此失去联系，再无消息。

于是2005年初夏，在我完成看望白马雪山、玉龙雪山的愿望，从滇西北回到北京后，义无反顾甚至奋不顾身地喜欢上了那位爱听朱婧歌的女子，她也是一位与青海及青海湖相关的女子：“那里的阳光是蓝色的，那是一种爱情的颜色，那里的阳光只有那样一种色彩。”我欣赏她的坦荡，她的直接，她的透明。“喜欢看你写我的名字”，她说，还有邮箱里，“不是初恋但是初信，还有一个初是我的姓，俺俩凑对正好初初！”“看到你写的字，写给我的字，叫我说什么好呢，我是幸福的，无论我能不能藏到潜艇里，跟你一起在深处抛锚，无论我能不能躲进森林里，跟你一起在潮湿的空气里对望……”

然而，当我知道了她还在为情所困，以及对那份感情的看重程度后，我清醒过来，是我该做出决定主动远离的时候了，就算为了让她不再处于漩涡中继续痛苦与难堪，也理应如此，就像我躺在床上，用手机摁出的那篇《如果你是我生命中假设的这位女子》一样：“如果你是我生命中假设过的这位女子，我必须要学会爱，学会放弃，学会编织人生最精彩的谎言，从而让你忘记。”

还是让我趁年轻，继续完成那些未竟的旅程吧，让我趁年轻，回到我的白马雪山！那里有磕着等身长头前去拜谒神灵，向神灵祈祷和起誓的人，他们不求今生，但为来世，我要学着他们在佛的面前立下生命当中最为重要的愿望和誓言。那里还有距离头顶最近的天空，有我和她讨论过的，可以随手摘下的两朵云，或者两颗星，不一定非要在一起，隔着距离，也会心心相印。

那里还有隐秘而圣灵的湖泊，坐在湖边的山冈上，据说能找到前世今生。而我也会跪倒在她们的面前，献上哈达，许下我至死不渝的愿望。当我老了，当我哪一天如浩渺天空中的流星那般陡然消逝，我的爱不可抗拒地由此中止，就让我转世去做一只可以精诚所至、金石为开的转山的羊……

上午，在北京三里屯西六街，我在淅沥小雨中打听尼泊尔大使馆的位置。在那里，我曾经站在街灯下等她，然后与她一起走过那条街道，然后去川粑子火锅店。而后，当我一次又一次地行走在那里，一个人内心悲痛地行走在成排的路灯底下时，我对自己说：

等待一场爱情就像等待掌声响起，
我一遍遍惊悚、迟疑！

（《原谅我》）

有关丽江，有关朱婧，有关白马雪山，有关青海和青海湖，有关那些面向雪山的房子，挂在墙壁上的风琴和皮鼓，还有红红的炭火，对视的目光，从暗红色的心房内冉冉升起的暖流，火上煨着的青稞酒，烤洋芋、苞米，烤着的富得流油的穷人的羊……像风光片镜头一样，不断跳跃、闪回，最后被时间漂成空无的白色幕布。

望着小雨中西六街的尽头，路人的身影在街角处转眼走失。想着前一晚与她的辞别，想着她一定会在后来的短信中对我说再见，然而她没有。当时，她并不知道我即将开始的远行，也不清楚此刻的我和她近在咫尺，而转天却将万水千山的遥远。现实总是这样残酷。

沉思良久，我缓步走入到尼泊尔大使馆的铁门之内，再推开一座小楼虚掩的木门，递过护照、照片和申请表，无须交纳签证费用，也没有经历签证官的面试，那名尼泊尔小伙子抬头不经意地望了我一眼，然后写了一个条子递了出来：“明天下午来取！”

第二天再来时，果然如期通过。拿过护照时，脑袋里一片空白，只仿佛听到古老的铜钟声正快速穿越身体中的某一部分，如同沸腾的血液流经血管时产生的震颤，经过青海和青海湖，经过青藏高原，经过喜马拉雅山，经过珠峰，经过尼泊尔，经过静穆的山峦和辽阔的高原，经过泪水一样闪亮的湖泊和河流，火炬般传递。

是的，我和你之间的路，到底还要走多久？你我的一生，究竟还会遇到多少个这样的路口？从使馆出来，穿过寂静的巷子，从我们一同走进又一同走出的火锅店丌始数：三条街道，七个路口，一条河，一座可以通车的桥……

在晨光中，在马匹身上，我看到了另外的一个自己。这时，我只身来到了青海和青海湖。

走过西宁，跃然于心

午后，抵达西宁。下了火车，出了站，在阳光下不停走路。路已无法记清，或远，或近。这是自己第一次来到青海。

蓦然想起，那次她回西宁老家，我还以她的名义，代她在她的博客上写字，编造关于西宁的所有文字。而此时，当我真正来到这里，这样一座让我感到无比亲近的城市，却又开始仿佛从熟稔变得陌生。

那时，我笑说，要“诚招三千喽啰，杀人放火，抢你做压寨夫人”，当然人家回应：“我一路走一路用梧桐叶子或者丁香花瓣做记号，或者把手指咬破，把血滴滴在大大小小的石头上面！”“要不干脆杀死我，溶一杯雪山上流下来的水，随便浇灌窗后一朵不知道什么名字的花，不要很香，我会头晕。”

还记得曾经与她说到过一条向西、向西、向西的路，虽然那时所说的向西只是存在于地图上的一个很不确定的方向，十分模糊：蓝色的阳光、蓝色的湖、巍峨的雪山，还有好听的地名，比如说倒淌河、黑马河，还有果洛、黄河沿、通天河、玉树等等。

街道上，湟水边，伸手，轻轻碰触这里的阳光、空气与水，想着的是这城，这市，这人。

纠结的内心，其实已容不得再有一把锋利的刀刃前来宰割，可秋风骤起，阳光白亮，我分明看到秋风像是白花花的刀光，在内心深处，在路行的前方，一闪，又一闪。

2005-09-17

在一支爱喜的余味中，我来到青海，来到了西宁。能明显感觉到西宁的天气和北京相比已经凉了许多，但太阳仍然灿烂，以至毒辣、火暴。

我悄无声息地乘坐T151次火车夜渡黄河，再经过熟悉的西安、兰州到达西宁。那时，周末的北京夜晚喧嚣应该才刚刚开场，而我在动荡不安的车厢的晃动中，在一个大大的日记本上写着字迹扭捏的话，甚至包括路上万一遇到不测的种种交代。当时，我并不能分得清楚，我到底是在努力用行走的方式将她遗忘，还是想把我的爱意向她传达。

并不遥远的青海，西宁、塔尔寺以及青海湖，还有在车厢音乐中缓慢升起的黑马河，从纷繁的意念空间里飘摇而来。深夜，许多人都躺在床位上熟睡了，我却看着窗外月夜中的大地，听着火车撞击铁轨发出的哐当声响，怎么也睡不着。

并不是在所有的时间里都在回想她的样子，但是走在西宁繁华喧闹的街道上时，会时刻想起她的样子。在莫家街、水井巷，这里有南来北往的路人与当地居民，有青稞酒，甜奶茶，还有大块的牦牛肉、烤羊肉，这是我喜欢的，我坐在这里。还有酿皮、面皮、米皮，那是她喜欢的，可是她不坐在这里。

喝着味道有些怪怪的熬茶，可是她不坐在这里。风是清凉的，吹过颜色发黄的湟水河，这里的天气不像是夏天，可是她不坐在这里。

傍晚，站在湟水河桥上，徐徐的风把胳膊吹起一层毛糙的鸡皮疙瘩。河水静静地翻滚流淌，蓝色的阳光挥洒在城市上空。在阳光中，感到她就站在城市的每一个角落，眨巴着闪亮的眼睛，一脸顽皮。或者闪现着俏丽的身影，在向着她童年的方向一路疯跑。

塔尔寺，祈祷从这里开始

你说，你总共来过三次塔尔寺，一次是在小时候，偷吃了案上的红枣；一次是大雨如注的一天，你牵着某人的手；还有一次，是在梦里。梦里的那次，我多么希望是和我一起。

相比之下，这是我的第一次塔尔寺。如果这辈子我注定要来塔尔寺，注定要来得有点儿晚，佛不会说，你来得有些迟。我要从这里开始，开始祈祷，开始恳请佛的护佑，不为自己，先是为你，然后母亲。

2005-09-18

如果这辈子我注定要去塔尔寺，注定要去得有点儿晚，佛不会说，你来得有些迟。入门，八座白色的佛塔依次肃穆矗立。佛门内一派清净，有全心向佛的信徒，也有虔诚或不虔诚的游人。走在古朴的石板路上，两面是铜顶、灰瓦、红檐、白墙，当然色调又不光是这些，还有各种颜色的经幡和风马旗，刻在塔座或者寺院墙壁、殿堂上下的各种雕塑、壁画，还有不同颜色的哈达。

坐落在莲花山坳中的塔尔寺，又名“塔儿寺”，是宗喀巴大师漫长的习佛、修佛路上的记忆承载。这里据传是宗喀巴的出生地，那时，从青海到西藏之间，要翻越巍巍昆仑和高耸的唐古拉山脉，是一条艰辛相伴、生死不卜的险途，往返一次起码要耗时一年以上。潜心修行的儿子，与日思夜想的母亲，便这样被重重阻隔。阿妈日久不得相见儿子，便托人带信，细述自己的思念。儿子不忍中断修行，于是毅然刺破自己的鼻子，以血代墨，回复阿妈，希望阿妈在自己出生的地方修建银塔一座，见塔便如见人，并附上自己的画像，以解阿妈的思念之苦。阿妈供奉了这幅画像，画像上的儿子竟对着母亲深情呼唤：妈妈，妈妈。于是阿妈开始四方化缘，和信徒们一起修建了白银塔，尔后，围绕着这座银塔又逐步建寺。

当然，画像唤人只是传说，就如传说中由宗喀巴的脐血入土后所长出的那棵神菩提，树叶上可见狮吼佛像和藏文六字真言。跃然于那幅画像之上的，其实是日后一代了不起的佛教大师、藏传佛教格鲁教派的创始人，和母亲心灵相通的修行宏愿。

带着无比敬畏的心情，沿台阶我走到寺旁的山顶，独自观看这山坳里的莲花圣地。第一次深入一座藏传佛教寺庙，眼中的一切让我陌生，却又依稀熟稔。而当我近距离去观察五彩的风马旗上那深奥而美妙的经文时，才懵懂地感知，我在多年前所计划的关于白马雪山、关于喜马拉雅之地的旅行，便是被这种宗教力量的神秘与深邃，以及藏地人们虔诚、执着的信念所吸引。

远远地看着佛塔、佛殿、佛墙，看着那些磕着长头转寺、转塔，以及手持经轮不停旋转并诵经的人们，我心满意足，我知道我必然要来到这里，哪怕是一生只有一次。而幸运的是，我前后三次来到过这座藏传佛教格鲁派六大寺之一的塔儿寺。

佛与人，本就讲究渊源，讲究造化，有些刻意不来，有些应该知遇而恩。在没有来到塔尔寺的时候，我对塔尔寺说过这样一句不知深浅的话：长头在地，佛于人心。想起来于佛于寺都有失礼数，佛不怪人，但求自过，以洗心头罪责，于是我缓缓地推动着小金瓦殿里那排古老的转经筒，开始祈祷……

看着黄亮夺目、美轮美奂的大金瓦殿，看着殿堂里晶莹剔透的酥油花和古老唐卡，还有那些多得叫不出名字的佛像，这里似乎在传递着一种永不停歇的智慧和信仰。而在我第一次前往塔尔寺的过程中，我诚惶诚恐地祈祷着，塔尔寺是我此行向西到达的第一座寺庙，第一个能为她祈福的地方，而我说过，要把最大的祈愿给她！

塔尔寺，我的祈祷注定从这里开始……也或许说，我要走过的路，注定就是一段漫长的领悟。在长明的酥油灯、纯净的酥油花、黄亮的转经筒、浓郁的佛香及悠远的诵经声中，我长久地跪拜、沉浸了下去。

我前后到过塔尔寺三次。如果这辈子我注定要来塔尔寺。注定要来得有点儿晚，佛不会说，你来得有些迟。

青海湖和德令哈

经过青海湖和德令哈的火车上，怎么也睡不着，只好起身。坐在车窗边，望着天上那轮脆薄的明月。身上还在冷一阵热一阵地出汗，初上高原，就遇风寒，大病，好在后来症状有所减轻。

对面上铺年轻的妈妈抱着孩子，不知何故一阵又一阵哭泣。我把自己下铺的铺位让给了她，反正我也睡不着。其实真正让我睡不着的原因，还是那欲罢而又不能，已决然放弃却依旧难以割舍的贪恋。

中秋之夜，这样一轮明镜般高悬的圆月，谁说就不代表着悲欢离合、晴阴圆缺中那悲与离、阴与缺的另外一面呢？

2005-09-19

第一次，没有能够看到德令哈迷人的星空，只有一轮冰冷的寒月映照天幕上孤独的阴云。没有青绿色的草原，没有海子诗中的姐姐，只有茫茫的戈壁。没有一望无边的青色麦地。少许的青绿草色，还残存在一些坡地里，或是原野上。小麦和青稞已经成堆地堆放在了公路或居民家门前的场院上，有拖拉机嘟嘟地在上面来回碾着。油菜也曾看到，但也已经收割完毕，连枝带叶铺在地上，小孩子正在上面兴高采烈地跳着、踩着。

甚至是在青海湖，也没有看到那绵延至远方的雪山，没有看到碧绿的湖水中洁白的雪峰及金黄的油菜花的美丽倒影。季节已经错过了，天气也在下午变阴了，青海湖和德令哈，都不约而同给了我她们的另外一面。

其实刚到西宁的那天晚上，就开始头疼发烧，出汗，还伴着恶心呕吐。但是，我知道在海拔更高的高原上，夏天已经开始远去，也许单单为了风景，我也不应该走得更迟。那夜，我把药包里的药品，只要是能够治感冒的几乎每样都加量吃了一遍。早上起床，发现原本不结实的宾馆床单，从竖着的方向上裂开了三条长长的缝，它们首先被汗水濡湿，然后被发黏的身体在辗转中撕开。

我忐忑不安地到西宁人民医院做体检，血压显示正常、心跳也正常，只有低平烧。征询医生意见，走青藏线已无大碍。于是，心头大悦，回到宾馆再次服用感冒药，还有据说能抗高原反应的红景天。当晚，也就是中秋之夜，我就跳上了从西宁开往格尔木的火车。

我想好了，太阳将要落山时的温暖，是留给你的。暗淡和沉寂下来的湖色，才是留给我的；辽阔和远方是留给我的，那些极目远望的幸福猜想与欢笑，才是留给你的。 /张迅_摄

蓝，第二次的青海湖

已是第二次来到青海湖，这蓝色的天堂。距离第一次转眼已是两年。两年的时间，足让自己和别人都发生太多太多的变化。此时心中所系，唯有这片湖，和油菜花海。

回想起2005年，那时，我从滇西北回京后，还才刚认识她。有一次她问我，将来有一天，能不能看到和电影《燕尾蝶》中的那一幕一样，她的名字被高挂在某一座城市、某一条街道或者是某一个店铺的门上，随风飘扬……

第二天，我去买下了书店里所能找到的岩井俊二所有的电影和小说，包括电影和小说版的《燕尾蝶》。

让她的名字飘扬在哪里？那个她答应送给我的商标，或者“Blue”，或者“蓝”？只是如今我再次来到这里，答案依旧怅然。

2007-06-15

在青海湖，像小鸟落进天堂，落在音乐的屋顶，像刻在柱子上或是涂在墙壁上悠远的诗行。来自天堂的湖水，青海湖的湖水，湖水边的小鸟，羽毛花白，踱着轻盈的步子，顺着湖水荡起的涟漪，在湖边来回走动。

小鸟汲取蓝色的湖水，咸得像是情人眼泪的湖水。蓝。

层云密布在大湖的背景深处，在蓝色的空气中，如同一堵厚不透风的墙，塞住人的呼吸。因此，在蓝的世界里，事物的界限是模糊不清的，空气、阳光与天空的颜色融在了一起，还有爱情的颜色，也与它们融在了一起。

蓝。天蓝。

枣红色的小马，迎着晨光埋头吃草，草叶尖上抖动着晶莹的露珠，很快打湿了马脚。没有任何庞然大物随意惊动天堂，惊扰天堂里的小鸟，和它们衔来的一个早上的明媚。它们落在地上，落在湖水旁边，落进了天堂里。天蓝色的天堂。

只是此时，回忆，如同没有终点的追问。

生命中总有一些女子，她就是你要在心目中假设的那位女子，婀娜而来，流水般闪亮，刺疼年华中的黑暗，刺伤你的皮肤和眼睑，刺杀你的梦想。但她就是你要的女子，一生的女子。虽然可能她并不真正是你的女子，只是从远方到来，吸引你的视线，与你相遇，然后再与你擦肩而过，美丽而诀别。但仅是如此，她也是你一生的女子。

我无法确定到底是在哪一具体时刻喜欢上她的，或许是那次，我在电脑的这端轻轻敲打她的名字，当那两个字符从心口传递到手指，再从指尖蹦跳到电脑屏幕上时，她在那端有了短暂的停顿，然后她告诉我，她喜欢并愿意看着我书写她的名字。

也或许是那次，在一个媒体发布会上，收到的一份礼物，那是一款叫作Ukey的即时聊天工具，我当时答应要转送给她，却突然间产生了小小的自私，因为这U盘已被技术地植入了联系人集群。当时担心别的人士会通过这个东西和她相识，捷足先登。有多少爱，就含有多少同等的自私！

想起。

我曾经在一些文字里，把她的名字写成“蓝”，或者“天蓝”：天，天天蓝；或者天天，天蓝。怎么理解都可以。还有时候，写成“11”，或者“攸攸”。11是牙牙学语时，最容易发出的语音：“1……11……1111……”很多人脱离了母体来到这个世界上，除了响亮的哭泣外，发出的第一个标准而完整的音节，通常都是这个单音节词汇。这种稚气的语调，在之后漫长的一生里都将难再重复，所以弥足珍贵，当然也有人认为是无足轻重。而攸攸，音同“You You”，你。

To You。

曾经，每当我想她一次，都会在白纸上随手划下一个这样的字符，以不至于她的名字会被人看穿。To You，献给你，传递到你的那一边，或者仅仅到你那里为止。

鸟类在这里找到天堂，而我的行走，却掉落在天堂之外。我感到那黏稠的湖色，是一大片深不可测的伤感所在。 /叶强 摄

七月不远

像海子在诗中所说的一样，七月不远，这是青海湖最美的时候。之前，我从这里经过青藏线到西藏，再从拉萨去山南，然后去阿里，然后再走新藏线到新疆叶城和喀什。本准备从那里去北疆，然而想到青海湖畔七月的油菜花海，还是毅然从喀什折回了西藏，然后再经青藏线来到这里。

2007-07-09

真正见到油菜花海，是在天空不甚晴朗的午后，从西藏到格尔木再到青海湖的路上。汽车翻过橡皮山，沿着湖南岸向东行驶，在经过十九道班后不久，一大片、一大片的油菜花便迎面扑来。之前，在经过都兰和茶卡的路上，能看到油菜花偶然闪现，那是山涧最清新活跃的颜色，尽管还不成规模，但让我提前知道，这一次，终于不会再和湖岸的油菜花期错过了。

终于看到，一望无际的油菜花，金黄灿烂，与碧绿的湖水和通透的蓝天交相辉映。正如海子的诗所说，七月不远，这是青海湖一年中最美的时候。

在黑马河、十九道班、江西沟和151之间，盘桓揣测过很久，很难决定哪里才是自己想要停留的地方与去处。最后选择了151，因为这里的食宿相对方便。而后，才在次日开始沿着湖边公路往回步行，寻找那片前日让自己惊艳的大片油菜花海。

路很平整，所要花费的只是时间，背着包，有食品与水可以充饥解渴。公路平坦，可以走走停停。牧羊人赶着羊群，远远地蠕动到身边，惊奇地看着外来的背包者在这湖边的菜地旁流连忘返。也有些驾车经过的旅行朋友，好奇地举起相机来拍照，被我用手势阻挡。我想，最应该被记载的，是湖，而不是我这样可能在外人眼里多少有些奇异的旅行者。

有时，把背包放在公路边上，沿着阡陌小路，去菜地的中间亲密接触这上帝的笔调。风扬起，那些细微的花朵如同散落的碎金在眼前摇曳，如同细碎真切的光阴，展露在最灿烂的年龄里，它们唯美、骄傲，再没有任何其他颜色在这里可以和它有可比性。

应该允许这样一些有点儿俗套的比喻：风停止了呼吸，大云摁住了青色山峦那湿漉漉的肩头，蓝色的阳光轻轻拂过人的肌肤，和每一寸的土地、每一秒钟的时间……

一排排的蜂房掩映在菜花深处，不断追赶花期的养蜂人正在那里忙碌着。而这时，不期而至的一阵风，吹散了本来还笼罩在湖面上空的几朵浓云，远处的湖水开始变幻出新的颜色，一会儿工夫，就从墨绿变成了一抹平坦而柔和的碧蓝，再过一会儿，又从碧蓝变成了嫩绿……

湖岸的日子，馥郁的花香已被我忽略不计，淘气的蜜蜂的纠缠已被我忽略不计，这里的山高水远已被我忽略不计，海阔天空已被我忽略不计。我毫不怀疑，我深深的陶醉首先来源于这里的色彩：黄，金黄；绿，碧绿；蓝，天蓝；青，草青。这些色彩的调配，让人甘愿沉溺其中。

这是我无法形容和描绘的美，以及在我心里所涌起的波澜。

云朵在天空中爆炸般地展开，我俯首在这静穆神秘的力量面前，接受岁月和命运的某种安排。哦，不，是馈赠。

湖光，山色

住在湖畔的藏族人家才让本大叔家里，由于我能听懂一些简单的藏语，习惯和他们一起喝酥油茶、吃糌粑，他们显得分外开心。

从房内望出去，能看到不远处的湖。我要在这里静静感受我与她的每一天，每一天的24个小时，1440分钟，86400秒。湖啊，这让我魂牵梦绕的“马鼻子底下含盐”的湖泊。虽然，我最后仍将不可避免地离开，但这样的停留，已是我的终极慰藉。

2007-07-11

藏族大叔才让本的脸上挂满笑容，一张口就会先露出那颗黄灿灿的金牙。这个不太会说汉语的汉子，每日骑着摩托车在湖边或者高山上自家的草场里放牧，用现代化的交通工具追赶着成群的马、牦牛和羊。

那些天，大叔的女儿更太吉从高中学校放假回家了，骑着高头大马，欢快地奔驰在自己家和青海湖之间，笼络来到湖边游玩儿的客人骑马照相，每人收五块或十块钱。她是湖岸这一带最聪明漂亮的姑娘，而且有一套漂亮华贵的藏家盛装，这是让她最为高兴和自豪的，时常拿出来小小炫耀一番。当然，她还很勤快贤惠，在家中帮着阿妈干家务活儿，另外要是来了汉族客人，饮食与接待也全由她来负责。

“我家是湖岸一带看湖最好的地方，睡在床上不用动，就能看到湖里的日出和日落！”更太吉喜欢用这句话号召远方的客人到自己家住宿，因为她家紧挨湖边，从家里任意一间房间推开窗户望出去，都能看到旖旎的湖景在眼前打开，一览无余，毫无遮挡。

从她家屋后到湖岸间，还有一片平坦开阔的田畦，每年种植大叶油菜，花期比现在已经开放了的小叶油菜要迟一些。更太吉说，现在那些油菜还是青色的，到了八月份时，就是一片金黄色了，那时又会是一种景象。

湖，就在眼皮底下，不曾远离过。可事实上，每天都要沿着才家田畦边的小路，再穿过一小片草场，才能来到湖水边，与湖心领神会地对视几次。

早间，四周的青山还没有来得及完全苏醒，湖水就已经逐渐在天幕下打开，随着云雾慢慢退去，多彩的水光在徐徐轻风中铺就，仿佛有涂料在湖水里流动；到了午间，逐渐归复平静；而傍晚，柔和澄清的光亮再度把湖面渲染得绚丽多彩，最后的牛羊和马匹，被牧羊人带离，青海湖才收起她委婉俏丽的一面，在雾霭中头枕着细微的涛声悄然入梦。

在晴朗天气里，湖的色度饱和得让人吃惊，随着阳光的强弱呈现成不同的色块；遇上阴云密布的天气，湖色便变得沉默，偶尔才翻卷起洁白的水浪，或是在水边呈现出几抹离奇的光晕；暴风雨到来前的黄昏，压抑得好像要爆裂的云层下面，阳光从云缝里穿透过来，在水面的上空投射出利剑般逼人心魄的光辉。

大叔家往东，有一大片农场的油菜花地，成为我光顾的重点对象，多次前往，总想捕捉最美的镜头，最后竟无法分辨每次拍摄的照片又到底有何不同。

那里的阳光是蓝色的，那是一种爱情的颜色，那里的阳光只有那样一种色彩。

她说。

站在这片油菜花地边，不远处黝黑的电线杆上，一个盘卷起来的电缆线卷，无意间透露出一个巧合：她的那张以湖为背景的照片，正是拍摄于眼前的这片油菜花地。

在天光不停变幻的过程中，我逐一接近湖水的不同心绪，仿如接近我自己。

天堂的马肚子里唯一含毒的野花

与所有的旅程一样，最终，要不可避免地离开；与所有的旅程一样，最终，要不可避免地留下遗憾与惆怅。远处，山坡上的油菜花与青稞交错在一起，绿一块，黄一块，像是画板上随手绘下的条块，想让自己永远埋没在这明媚的条块里，却又不得不离别。

天气也仿若知心的同伴，就在离开青海湖畔不久开始转阴，阳光也在汽车翻越日月山后陡然消失。再不久，小雨淅淅沥沥，没头没脑地下了起来。

车在雨雾中前行，像在梦境中，置身于悬浮的孤岛，然后靠在座位上不知不觉地熟睡，竟恍然梦到了自己两年之前在这条道路上独行时的情景，像一次灵魂脱壳的神游，醒来，我对从青海湖回西宁的这条路感到无比惊讶，虚脱以及无力。

2007-07-16

海子在诗里说，“我就是那个情种：诗中吟唱的野花/天堂的马肚子里唯一含毒的野花。”请原谅我引用过来作为我对青海湖、对自己的一个整体的形容，虽然这个形容相对怪异、杂芜而冗长。

总之，生活可以别有用心，当我们爱上一个人或者一个地方时，总可以找到近乎合理、近乎完美的故事来阐述知遇之美，以及它的前世与今生。比如：相传一位仙女爱上了一个凡人，为了能时刻与爱人相伴，于是跃下凡尘，化身变成了青海湖，所以青海湖才显得那么忧伤，湖水才咸得像是情人的眼泪。

诗歌是阐释这里的另外一种别有用心。诗人海子把青海湖写成“青海湖——请熄灭我的爱情！”调子拖得老长老长，由此，在青海湖，只要想到海子的诗，我的心里便顿时空空如也，想写的话都仿佛已经被他写完了。

再如西部歌王王洛宾先生所写的：“在那遥远的地方，有位好姑娘……”说的就是青海湖边的姑娘。

洛宾先生，真是个可爱人儿，“达坂城的姑娘，眼睛黑又亮啊，辫子长又长！”这歌也是他写的。2000年夏天，我和么么茶专程去达坂城欣赏美女，结果败兴而归。受此影响，我估计王洛宾当初在青海湖边不是如传说中所说，他在湖边的金银滩上，看到一位美丽的藏家女子将羊儿赶进了圈中，由于看得出神，被那个调皮的女子轻轻抽了一鞭子，第二天，他离开时，那个女子骑马送了他一程又一程。我认为实际情况可能是他亲近那女子不成，结果挨了人家一马鞭，耿耿于怀，所以只好写下情歌捧杀。当然，这纯属我的杜撰，只为好玩儿。

泥泞的现世，那些旷古的情缘，总是不肯轻易为世人所见，所以，只好用一片遥远的山水来迎纳。而那些让人难以割舍的情感，最后只能选择到远方来隐身逃遁。歌中所唱、文中所载的故事与传奇，多半便是这样开始的吧！

如美丽的狼毒，我是否也是这天堂的马肚子里唯一含毒的野花，也是海子诗中所写的那个忧伤的情种

马的亲密。这是我见到过的最为温馨的马的画面之一，我毫不犹豫地爱着它们。

我是来路上的魂魂，和去路上的远影

我是转经路上的小脚蚂蚁和尖足蚊虫

黄亮的Tibet ....

我是不灭的酥油灯盏上

一把高傲的骨灰

是跳跃的光明中最柔软的花蕊和灯芯

西藏：

点多少酥油灯
才能濯亮一生一世

“天光”透过密布的层云投射在远山上，像是悬浮在空中的岛屿，正映衬着我孤独而又心思密布的旅程。

我要继续做一段时间里卑微的自由主义者。许多年前，我希望的是从川西进入云南，然后去尼泊尔，再从喜马拉雅的另外一面到西藏。如今，方向变了，路却还是同一条；原有的梦碎了，唯有行走成为现实。

我要在秋风中，在根培乌孜山哲蚌寺下面的树林里，小声哼一些已经老掉牙或者没有名字的歌，还要继续写一段段的文字和情诗。它们会被时光、飘飞的树叶和落下的阳光一点点淹没。可是，愿望的触须还会生长在身后的那些空地上，超出你我的想象。

穿行青藏天路

格尔木宾馆。凌晨三点，睡意全无。身体的某一部分还很不对劲儿，细密的汗水顺着毛孔不断向外冒，心里也在不断嘀咕着，即将面对的是一段什么样的行程。

再过两个小时，我将从这里出发，经过昆仑山口、风火山口、可可西里、长江源、唐古拉山口进入西藏。这是我平生第一次爬上海拔五千米以上的高原，一同从格尔木包车的新婚夫妇曾强和秋霞，他们执意要走这条天路是为了对爱情见证，而我却是为了试图忘却，这是多么大的不同啊。

我在忐忑不安中等待，等待着一个即将到来的开始。

2005-09-20

从青海到西藏。在一条通往天堂所在的路上，在向西、向西、向西的路上。我像一只小脚蚂蚁和尖足蚊虫，缓慢爬行在世界屋脊的一块小小的瓦片之上。喜马拉雅到底是不是这个星球上终极朝圣之地，是不是雪山大神们汇聚的处所，我并不知道。就算真的是，我所经过的每一处地方，也都只能微不足道到大神们的足尖为止。

那些陡然遭遇邂逅的雪山，还有柔和的流沙、干枯的草滩、黝黑的森林，还有漫长得仿佛要升往天空之上的高原公路，和吊在头顶上方不远的肥胖云朵。还有路途上汇聚的各种各样的人，不奇怪的人和奇怪的人，奇怪和非常奇怪的人。总之，天堂允许你肆意畅想，也允许现实同等精彩丰富。我沿着青藏公路的爬行，总是伴随着空气中晶莹的雪粒，还有车窗外潺缓的冰河，伴随着那些空旷而辽远的原野上卓玛的歌声。

我想，从高高的太空俯瞰地球，这个蓝色的星体，会像一幅巨大的绘本，充满神性和忧伤，而喜马拉雅可能就是更为抽象、更为另类一些的艺术绘画吧，像梵·高的向日葵，像印象派的莫奈用油彩涂抹出的迷离日出或是神秘睡莲。

爬行在天路上，我用目光仔细搜寻道路两边的风景和花朵，哪一些会是属于我的向日葵，我的日出和我的睡莲。有一些向日葵、日出和睡莲，就像是一些细小的种子，还埋在宽厚的地表底下，在冰冷沉重的泥土里，在辽远山脉的背后，还没有长出幼苗，也没有开成茂盛茁壮的花朵。它们还只是一些白色的触须，仿佛秘密，仿佛永远的秘密。

只有不停行走，如同宿命。

灼热的阳光、沉默的经幡，以及玛尼石上镌刻的字符，让我想起埃利蒂斯的词句——现在和永远，那是值得的。

虽然你不在风景里

虽然你不在风景里，但我看到你在奔跑和欢笑。看到你就在我的面前，在挥手和呐喊，在哭泣和亲吻迎面过来的风。

多么美，这些静穆的雪山、漫长的天路、冰冷的河水，还有辽阔的原野。虽然你不在风景里，但我看到你随着柔和的细雨、洁白的云朵、晶莹的雪粒，还有潺缓而蔚蓝的河曲在一起流动。

你说你冷。不会的，不会冷的，亲爱的。

你说我的表达就像放在屋子中央的炭火盆，光亮包裹在炭火的中央，温暖却从炭火盆出发，在空气里传递。我会用我所有的温暖来拥抱你。

你也不会孤单的，亲爱的，俊秀婀娜的雪山就在你奔跑和欢笑的背面。不要再让大大的眼睛淌出眼泪，不要再噘着委屈的嘴巴了。虽然你不在我眼前的风景里，但是我看到你正呈现着前所未有的美丽，看到你闪烁着活泼俏皮的性格与光彩，看到你远远地跑过来对我说：看，我在这里。

就是这样的。就是。虽然你不在风景里，但是我在静悄悄地看着你的脸庞，看到有你的秀发，如丝巾一样迎风飘扬在我的视线里。

可可西里，一生一次

从昆仑山口，到风火山口，再到长江源，青藏公路在平均约四千五百米左右的海拔上，穿过可可西里的一角，往西南部的唐古拉山脉延伸。可可西里，蒙语里面是“青色山梁”“美丽少女”的意思。我们到达的季节已晚，青色的山梁已经被苍茫的黄色所取代，但可可西里的神秘，是任何时候都改变不了的。

开始时，骄阳如夏日般火热，透过车窗灼痛了裸露在衣服外面的皮肤；然后是春雨一样缠绵淅沥的雨丝，轻轻叩问我们的行途；接着是狂风大作后的漫天雪花，在公路的前方狂舞；后来又在阴云密布中露出秋日的阳光。四季在这一天里轮回，仿佛经过这里的人都必须接受的洗礼。

中午在五道梁吃饭，是用高压锅做出的面片汤，外加一公斤牦牛肉。香喷喷的辣椒油浇在煮熟的牦牛肉上，吃一片又麻又辣的肉，再喝一口可口的汤，背包里那些从格尔木超市购买的快餐食品就一点儿也不想吃了。午后不久，就看到了藏羚羊，这青藏高原的精灵，它们漫步在并不遥远的公路旁边，悠然自得。

汽车继续在高原辽阔的画幅中穿行，过唐古拉山小镇不久，就见到了水流纵横交织的“沱沱河沿”。司机把车开出青藏公路，上到离公路有一公里左右的山坡上面，那里立有一块“长江源”的碑刻。司机告诉我说，长江的真正源头，唐古拉山主峰各拉丹冬距离此地还有两百多公里。纪念碑旁，我还看到几位自驾的车友立有一块小小的石碑，碑上刻着：一生一次。

我理解为一生至少一次。一次太少，是不是很奢侈？

然而很快，让人痛苦不堪的高原反应开始向我们迫近。到了海拔五千三百多米的唐古拉山口，停车休息，从没有触摸过真雪的秋霞与曾强兴奋地打起了雪仗。经过一番运动，还没有行车多久，他们的高原反应就开始了，最先是曾强感到头痛，然后开始呕吐，头痛加剧，接着秋霞的脸色开始发紫，也说头痛厉害。

车过山口后，青藏公路由青海进入西藏，一路下行，按说海拔低下来后，高原反应的症状应该有所减轻才是，可是车到安多县城，我竟然在这里也开始头痛，有种钢筋插在脑后的感觉。

第一次高原反应，给我留下了深刻的记忆。此后再上高原，再到西藏，我再也没有经历过这样的感受。那是一种昏天暗地、生不如死的痛苦，难以形容。司机看到我们三个人都面如土色，无奈，加大油门从安多赶往那曲，沿途那旖旎的藏北羌塘高原风光，我们都无暇顾及。

车到那曲，停车休息时，刚打开车门，我们就沿着一条小小的河沟哇哇呕吐起来，我在一边，秋霞在另外一边，无可奈何地相互笑笑，面色惨绿。而曾强干脆躺在车上，已经下不来了。原计划要在这里吃晚饭，可是我们都吃不下，最后秋霞跑到附近医院买了一盒葡萄糖口服液给我们灌了下去。司机问我们要不要在那曲住下，左思右想，我们还是决定当晚赶到纳木错。

呕吐之后，喝完葡萄糖口服液，头痛症状有所减缓。我们相互鼓励，开始讲一些并不怎么能让人发笑的笑话，说一些并不怎么动听的故事，但是，这样的安慰在那样的行程里还是起到了莫大的作用，情况慢慢又好了起来，赶到纳木错时，已经接近午夜十二点，看守大门的值班员已经跑到外面喝酒去了，还自然而然地让我们节省了门票。而在翻越纳木错边的念青唐古拉山口的时候，我似乎没有再感觉到来自高海拔的压力，虽然后半夜，我们睡在湖边的黑帐篷里，曾强和秋霞说又开始头痛不止。

正在奔跑的藏羚羊群，给苍茫大地带来了生机，我热爱这高原旷野上的荒凉与粗犷，它让我紧缩一团的心脏得以片刻舒展。

天湖有爱，纳木错

每个人心里的爱有多深，面对这湖时，这里的湖水便有多深；心里的爱有多么纯粹，这里的湖水便有多么蔚蓝。

2005-09-21

头痛持续了在纳木错的整个后半夜，睡不着。藏北高原的夜晚，帐篷被风刮得不停颤抖。莫名其妙的恐惧，莫名其妙的想念，莫名其妙的感动，莫名其妙的热泪盈眶。

头顶的天穹变得格外辽阔，硕大的星斗一颗又一颗地缀满天幕。夜云像瓷器表面的釉彩，浮在头顶上面，被月亮的身影压得很低很低。潋滟的湖光，无声地收容夜间万物所散发出的光辉。

风声独自轻吟，静寂而辽阔的大地上，偶尔才传来几声獒叫，清晰却又辽远。简陋而不失藏家风味的黑帐篷内，柴油发电设备关闭之后，便不再有任何光亮，享有专属的安谧与宁静。这样的时候，想是最适合用来思念的时候。连自己粗重的呼吸声，在空气中都拖着长长的尾音，仿佛能捕捉到形迹袅娜的影子。

为了看日出，我入睡前将手机闹铃定在了五点。早间，被手机的铃声惊醒，迷迷糊糊地爬下床，拿着电筒钻出帐篷，发现头顶上星光依旧满天，只是不似先前那般明亮，月亮已经隐下去了，不远方，黑压压的湖面上再也看不到一点光亮，只传来微弱的水声。

回身进屋，躺下。

六点半再一次起来，这时人已经清醒了许多，周围帐篷里，传来隐约的呻吟声，无一例外都是在此夜宿的人们发出的痛苦呻吟，他们多数因不堪高原反应而头痛。天还没有亮，但这回可以依稀看到远山、近湖。星星已经隐去，只有低矮的云彩在头顶上空一动不动地悬挂着。湖水和天空此时都像睡熟的亲人脸孔那般亲近，纯净得像一块没有人动笔涂抹的画布。已经有藏族老人开始转山了，颤巍巍的身影，随着口中念诵的经文渐渐远去，跟在后面的，还有那灵性的藏犬。

打开电筒，小心翼翼地从山坡上向湖面走去。低矮的草丛散发出湿漉漉的气息。露珠滚落在鞋面上。隐约中，有妇女和小孩的身影，她们背着水罐到湖岸打水，一路念诵经文，并不断从地面上拾起小石块，放在那些大大小小、高低不同的玛尼堆上。学着她们的样子，也找了一些小石块在玛尼堆上放下。面对神态安详的一湖碧水，竟然想了许久，才想到了一句最合适的祈求，再拿起一块小石头放到玛尼堆上，迟缓、矛盾。

日出看起来似乎还早，只有云彩慢慢有所变化。它们繁茂而均匀，仿佛随时将随着阳光的出现而化身为万丈霞光。看湖，青灰色的涟漪在荡漾微动；听水，风平浪静下似乎正窃窃私语。远山在湖的对岸沉默着，只有一些朦胧暗淡的影子。

秋霞因高原反应，又从湖岸走回半坡上呕吐，怕自己污秽这神山圣湖。吐完后，又回来坐在距离湖水很近的石头上，沉默不语，她老公静静地陪在一旁，无声地安慰。

日出，已经忘记了准确的时间，在我们等待与捕捉它的某个瞬间，湖对岸的念青唐古拉峰，先是不紧不慢地呈现出日照金山的景象，那些白皑皑的雪峰，披上了一层橘红的霞光，然后便色度浓烈起来，仿若要被云霞所点燃。然后，从念青唐古拉斜对面，东边山峰上有块光晕逐渐明亮，撕碎了那些浮游的云彩，接着太阳便跳跃了出来，露出半个身子，把柔和的光束射向大地。纳木错的湖面陡然间变得开阔起来，湖水也开始喧闹不止，有波浪不断翻腾涌起，像被一种神秘的力量牵引着，从湖心向湖岸层层推进。

这一刻打动了我。在湖水高涨、浪花涌来的时候，远处的雪峰和近处的草地都变得极为通透。在湖岸干净平整的沙滩上，一块包裹着五色哈达的石头，正在等待着被湖水湮没。据说，向湖水中投入这样的石头，是因为有人许下了一个宏愿。

在藏地的传说中，纳木错居住着一位美丽善良的“天湖女神”，她是这个雪山大湖的主人，她总是不吝赐人以美满幸福的爱情，因此，很多人不远万里，长途跋涉到这里以求得幸福的姻缘。在西藏古老的神话和流传久远的民歌里，纳木错和念青唐古拉山是一对生死相依的恋人。雄健的念青唐古拉，终年皑皑白雪，用一尘不染的雪水滋润着自己心爱的娇妻。而妻子纳木错，端庄秀丽，恬静明洁，将丈夫点点滴滴的雪水，汇聚成自身，转化为生命。

天湖的爱有多深？那深邃蔚蓝的湖水似乎就是一种尺度。我真想在湖边的沙滩上写下我的愿望，然后，眼望着它们再被翻卷过来的湖水轻轻擦去，哪怕不落下一丝痕迹。

一年多以后，当我在北京接到OOC在纳木错给我发来的短信，她说她这天在纳木错为我向“天湖女神”敬献了一条祈愿的哈达。我感到了莫名的启示，因为自己付出在一个女孩子身上的美好祝愿，以这样的方式在另外一个女孩子那里得到了回报，哪怕只是很纯粹的祝愿——在滇西北，我曾助OOC完成了她梦寐许久的徒步虎跳峡的旅行。而后来，当她隐约知道我西行的故事，当她一年之后也来到西藏时，便在天湖中为我投下了真诚的祈祷。

洁白的哈达，包裹着被高原阳光灼热的石块，被投入湖水。水波定会一圈圈荡漾开来。虽然我看不到，但是能想象到。

湖面荡漾，仿佛一段怀想的心事，有着投石入水般难以平复的涟漪。

印象拉萨

阳光寂静的午后，悄然进入了拉萨。“冈拉梅朵”餐厅里，古朴的桌椅和藏式装饰，给刚刚到访的我很多惊喜。点了酥油茶，要了糌粑，还有几份特色的藏餐。刚来到西藏，对藏餐还很不习惯，但吃饭已经成为其次。

窗外就是拉萨市的主干道北京路，几个大型的背包客旅馆如八郎学、吉日、亚宾馆、东措国际青年旅馆等，都分布在这条街道上。坐在阳光背后，像是在观察，但又不是；像是在品味，但也不是。

在惊讶与肃穆的同时，我能知道的是：拉萨，我终于来到了这里。

2005-09-21

抬头，是一览无余、洁净透明的蓝天；低头，是散落一地、无拘无束的纯粹阳光。在被风雨洗礼过、被虔诚的灵魂叩拜过的石板路面上，在时光隧道般古朴宁静的街巷，那些五体投地、一路磕着等身长头而来的朝圣者，是否步入了虔诚的尽头，是否已经通达于疼痛过后的极乐与光明？

跟随着这些虔诚者的脚步，顺着他们的方向来触摸这里的一切。

那些色度饱满、颜色分明的藏式建筑，以红、黄、白为主的寺庙的色调，带着冥冥的昭示。那些在风中剧烈舞动的经幡，传递着藏传佛教的神威力量与震撼。寺院和民居掩映在一起，空气中飘着酥油的气息和佛香。还有音乐，那是街角上传来的自然的发声，有寺庙内的钟鼓，还有响亮的铜铃和整齐的诵经声。神秘的光芒闪动在鎏金的屋瓦之上，散发着超凡的灵气与诱惑。转经路上，一排排黄亮的经筒，被经过的手掌打磨得光滑锃亮，在风中快速地转动，转动，那是精诚所至、金石为开的精神和信念的体现……那是悲悯的力量，是生命长歌的续曲和生死轮回的演绎，是藏巴、康巴人血脉中野性的跳动与激荡。

如果专注于这样的惊喜，那么，就不会被形形色色的外地人和游客所烦扰，或是那些满大街骑行奔跑的人力三轮车，沿街散落的衣衫褴褛、目光怯弱的乞讨的孩子，还有嘈杂而鼓噪的商贩。

这里是芸芸众生的平凡世界，却又带着神性的色彩和纯净，披蒙现世的尘垢但并不荒芜，经历闹市的喧嚣而不烦扰。像长明的酥油灯盏上，跳跃的光明中的灯芯。像夏天到来之前，匍匐在寺庙前还没有融化完的一捧雪。

是捧在手指尖上向下滴落的祈祷和诵经的声音。是心四分五裂之前，像洁白的莲花卷曲、向上翘起而又完整的形状。

从布达拉宫、大昭寺，到色拉寺、哲蚌寺；从玛吉阿米、冈拉梅朵这样一些游客聚集的餐厅到古修哪书屋、小二的店、察吉白玛等店铺；从喧嚷的光明甜茶馆到游人罕至、流水独自欢唱的拉萨河，还有不知名的街巷和道路的转角，灼热的阳光曝晒土地，人体内会涌起层层温热，心头上积攒起寸尺光明。

阳光落在寺庙和黄色的转经筒上，我看到肉身的沉重。而经筒旋转不已，我仿佛在吃力地自己推动自己。

光亮从古老的石灯里迸发，折射出生命之花的孱弱，让我明白很多事物，需要更多的爱与善美去呵护。

大昭寺的清晨

来到拉萨的第二天，去大昭寺。

早上，是与朝佛的人们一起进入的，没有买票。也许不算是逃票吧，因为后来从朋友诺儿那里得到一个貌似合理的解释：因为从虔诚的角度而言，我与那些朝拜的藏人的确并无不同。

2005-09-23

每个晨曦，微弱的天幕之光才刚刚开启，八廓街上，这条围绕大昭寺的环形转经路便会响起磕长头者身体和手掌擦地的声音。他们在石板地面上，用身体丈地而行，最终会行进到大昭寺尚未开启的大门前，继续磕起长头。

我时常在清晨或是黄昏，甚至还有一些深夜，去观察大昭寺门前的这些身影，倾听他们以身体叩击灵魂的声音。朝佛者的身影此起彼伏。那些从藏区各地聚集而来的僧众，不知疲倦地磕着长头，念诵经文，我不曾学习他们种种虔诚而神圣的拜谒神灵的仪式，但那些手掌擦地的声响，会提醒我正以旁观者的身份站在这里，让我惊恐不安。

大昭，这磁场般汇集神秘力量的地方，在这里，我会不由自主地去寺前的白墙寻找那块传说中威力强大无比的石头，然后退后七步，闭上双眼，双手合十，许下愿望，再抬起手缓缓向前。据说，如果第一次闭着眼睛就能把手指插进那块石头上的洞穴，心里所怀的愿望就一定可以实现。

古老的石头，青黑，冒着幽幽的光，那些深浅不一的洞穴，许是经过无数手指的触摸，变得光滑圆润。第一次，我学着别人的样子，深吸了一口手，闭着眼睛，然后踉踉跄跄，内心紧张地走了过去，但当我双手触及石壁，立即就感到了不对，这时，我也听到了围观者传来的叹息之声——我没有能够把手指准确地插进去，或许，这意味着我的愿望无法实现。而当我再后退，再次闭眼抬手向前走，第二次，我的手指是插准了那些洞穴的，然而，却又不知道第二次还能不能算数。

小雨淅沥的早晨，我和东措旅馆里的一群年轻人第一次去大昭寺。没想到大昭寺要到九点才开放。刚到时，雨还在下，地面上全是水。早早来到寺门前的人已经很多，有的人坐在地上念经，有的人则不停推动着比人还要高大的转经筒，也有人在寺门前不停地磕着等身长头。

九点开门，随朝拜的人群一起进入寺门往里走，前面那些经过乔装打扮的逃票者，一个个都给抓了出来，而我，只拿着一条敬献给佛祖的哈达，就无知而鲁莽地闯了进去。

按顺时针方向走，一路拜过了宗喀巴和他的八大弟子、药师佛、白教创始人米拉日巴，松赞干布、文成公主、尺尊公主、无量光佛，然后来到藏传佛教中圣之又圣的佛殿，里面有文成公主入藏时带来的释迦牟尼十二岁等身像，藏人认为见到这个佛像就是见到了2500年前的佛祖，我将哈达虔诚地献上。

转完一层，上到只在早上才对外开放的二楼，那里有松赞干布、文成公主、尺尊公主，还有护法的女神。从二楼下来后，遇到逃票的同路人，这才知道早上进寺只有我一个人是没买票就直接进入的，让那群人羡慕不已。其实，我后来已经悄悄向功德箱里塞了和门票数额相当的香火钱。

那天，从大昭寺出来时，已经接近十二点。青年旅馆里同来的人，不知道还可以上到天台，先出寺到八廓街上玩儿去了，而我又从大殿外绕行一周，推完了全部的三百八十个转经筒，然后上到大昭寺二楼和三楼的平台上远眺布达拉宫。朋友Louisa说，大昭寺楼顶上，是全拉萨发呆最好的地方，我深以为是。当我上到楼顶时，雨已经停了，太阳还没有完全出来。雨过天晴，空气清新，非常舒爽。

那天，我还进到了一般不允许外人进入的三楼殿堂，幸运地拜会了在那里修行的高僧，并被允许进入殿内，近距离拍摄到了金顶，还在那里观看了十分漂亮的壁画、酥油花和年代久远的唐卡。

后来，我陆陆续续再去大昭寺，但都没有用那么长的时间，也再没有进到过三楼那不肯轻易示人的佛殿。

沿着墙角席地而坐的修行者，他们不断在曼达盘上揉搓着青稞、小麦、珍珠、宝石等物品，一种我所知甚少的佛教中的修行仪规。

点多少酥油灯才能濯亮一生一世

要点多少酥油灯才能濯亮我们的一生一世？坐在大昭寺广场上的一个下午，阳光把身上的皮肤灼痛了，亲爱的，我在想你。

是的，起身让我去点亮酥油灯，没有进大昭寺之前，我在那里祈祷，在那里忏悔。祛除身心的尘垢和疲惫，然后站在那里为你点灯。许下我一个又一个愿望。然后进入佛堂之内，把肉身俯服在神灵的脚下，让佛光抚度，让佛看透我的心思。

阳光从窗户和头顶正上方的天窗里透入，烟雾散起。在酥油灯房里，那些虔诚的藏族人，看着我一次又一次地出现在那里，看着油灯的光亮，把我烤得满脸通红，他们善意地递给我一支又一支点灯的燃香，然后和我一起把剩下的油灯一排排点燃下去。

没有一盏点过的油灯会熄灭，我对你说。有一次，我点了将近整个一面墙壁的灯盏。看着忽闪的火苗，我快乐地沉浸其中，仿佛你就跪拜在那片光晕之中，欢喜得像个孩子。

在大昭寺前的酥油灯房里，我一次又一次地来到这里。点多少酥油灯才能濯亮我们的一生一世？也许是一盏，也许是很多很多盏，我要为你，也为自己点起这些油灯，便能在黄亮亮的灯光中，看到跳动的灯花上，有佛心一片。

大昭寺前的酥油灯房里，人们正做着点灯前的各项准备。于我而言，点灯就是点亮自己。

天河的忧伤

山南两日，旅程中的心情像雅鲁藏布江上的天气一样不停变幻着，经历了暴雨、彩虹、爆胎，以及搭乘拖拉机去渡口，或者因为船工抬高船价而发生的不快等等。但旅程依然快乐，只有心是痛的。晚间，独坐在桑耶寺的旅馆屋顶，夜幕幽深，众星璀璨，银河斜斜地从夜空穿过，一阵凉风吹来，前方佛殿灯光迷离。

为了旅行方便，有时也会与人租车同路到某一地方，但我会尽可能把快乐带给别人，而不让别人来分担自己的不快。翻看相机，里面的一张照片，是傍晚在从泽当镇前往桑耶寺的途中，汽车爆胎后司机师傅正在修车，而我站在沙子公路上为同车的人拍照留影，大家齐刷刷地摆着姿势。我不在这张照片里面，但我非常喜欢这张照片，它赋予我的意义是：我是这一群人里，那个看不见的身影与最好的补充。

2005-09-26

天公不作美的早上，动身前往山南。长途汽车横跨藏语中被称为“天河”的雅鲁藏布江时，晨间厚厚的云层积满头顶，远处的山峰变成了青灰色的背景，一副大雨将至的样子。此时，淡青色的河水在滩涂上闪着隐秘的光亮，如同水墨画一样浑然天成。

这是天河才会有的手笔，天河才会有的忧伤吧？心里这样想着，在行车中抬手拍下了窗外那动人心魄、凄美冷艳的一幕。

“用摸过云的手牵手，用吻过风的嘴唇亲吻！”

这时候，一些句子浮现了：“一支歌从水声中接近，逐渐飘荡得不知去向，心只会破碎和瓦解。在这样的时间里，我感到仿佛一切都已成为过去。成为过去意味着我是多么的不知所措。

我想我就是一匹孤独的兽，小小的兽，如此孤独行走，而又心思密布。”

美骤然出现，让人措手不及，而水的风景画又转瞬即逝，十几分钟后，头顶上的云雾消失了，开阔的雅鲁藏布江江面又恢复了原来的容貌，如同一面巨大的镜子，倒映着层层山峦和天顶上的白云。再一次应验摄影人的话，在西藏，只要你肯起早贪黑，善于去发现，总会拍到意想不到的照片。

2005年和2007年，我两次来到山南，完全相同的行程，甚至完全相同地住在楼梯拐角的那个房间，同样在深夜独坐屋顶，可同路的人不一样了。还有完全相同的寺庙和宫殿，可云彩不一样了。完全相同的楼顶上的一根梁木，可纹路不同了。完全相同的早晨，可光线不一样了。完全相同的佛塔，可塔身的颜色和旁边的小树都不一样了。

朋友水若水看到那些地点和景物完全相同，可时间又分明带来了不同印迹的照片说：“那些重逢的风景能带给你什么？琐碎的记忆，平凡的感动，造物的宽厚，岁月的剪影？不知道那些旅行背后，心要勇敢到哪座崖壁。在很久很久的死亡之前，是不是要快乐了再快乐。那些悲悲伤伤的曲儿，会不会染出彩虹？”我不知道。

第一次的山南和第二次的山南，同样在中午的大部分时间里，我都会坐在昌珠寺二楼的天台上，感受阳光，感受那里的沧桑。或是轻声行走在昏暗而酥油气息扑鼻的经堂里。寺院内古朴、宁静，只有安静的油灯散发出柔和的光亮，照在墙壁和壁画上，呈现一种可以让心灵回归到原生态的斑驳。

还有雍布拉康，在扎西次日山，这是西藏历史上第一位赞普建立的宫殿，当我推动那些黄亮的转经筒时，雅隆河谷的田地一片青绿，公路向藏东南蜿蜒而去，景色已不再如第一次前往时那般空阔。

或是在桑耶寺的早上，浓墨一样的云彩逐渐散去，太阳出来，环绕寺庙外围的佛塔，瞬间就变得明亮起来。而大殿的顶楼上，鎏金的铜瓦金光闪闪，鸽群绕着楼塔一遍又一遍飞，洪亮的钟声响起，僧人们的早课开始了。我想和第一次一样，带着一群人同僧人们一同上早课，但很快便被不客气地请了出来。

清晨，雅鲁藏布江上覆盖着厚厚的云层，如同一幅凄美的水墨画，我形容为“天河的忧伤”。

古旧的寺庙内，年轻的僧人和老人，陪我度过了安详、宁谧的正午时光。

光明甜茶馆

那个秋阳软如绸缎的午后，我坐着人力三轮车，在颠簸与摇晃中穿过车水马龙、人头攒动的北京东路，第一次去到光明甜茶馆喝茶。头天夜里，拉萨刚下过一场雨，白雪静静覆满拉萨河对面的山顶，让初上高原的我对这个季节的拉萨惊叹不已。那天去光明甜茶馆，我还记得，之前我一个人在拉萨河徜徉了一整个上午。

拉萨布满大大小小的各式茶馆，光明甜茶馆，是最令我这样的外来旅行者欢欣的去所。简陋宽敞的大厅，简单摆放条形长椅和桌子，进去后，自取茶杯，然后坐在座位上，会有服务员提着壶走到你的面前为你添茶。那时一杯甜茶的价格是三毛钱，只需把钱放在桌上，服务员自会收钱找零，喝完后再打个招呼，服务员又会过来续杯，会再取走三毛茶钱。总之，这里的甜茶价格便宜，味道鲜美，消费简便，是个轻松惬意之地，虽然它的风格如此粗犷。

如果是个有心的体察者，也能在人群中发现这里的柔和与细腻。与友人相聚或是自己一人独坐甜茶馆内，光亮从简易的房顶洒落下来，身边不相熟的一张张面孔，他们可能是刚刚朝圣过后前来休息的信徒，或是放了学还没有归家的学生，还有悄悄来到这里谈情说爱的扎西与卓玛，聚在一块儿谈天说地或是小赌怡情的汉子们，还间或有一些与自己一样慕名而来的游客甚至老外。形形色色的人聚在这里喝着同一种茶，笑脸和眼神不再生疏，情绪不再刻意和掩饰。

那时，藏家人在这里时常是会有演奏的，有人怀抱着弦胡或是扎年琴，那很可能是陪伴他们遥远朝圣路的随身之物，经历过万水千山和众神的洗礼。当然，也有一些人纯粹就是为了娱乐，他们天生就是歌唱家，嗓音有如天籁。还有一些人，三三两两地组合在一起，或唱或跳，仿如内地酒吧中的乐队，演奏完毕，有可能会走到你的面前，示意你支付相应的费用，但所要不多，一两毛钱就可以。

秋雨过后的阳光，轻洒在屋外的街道上，如水般柔软、闪亮。略带昏暗、油腻的屋子，散发出一种经年久远的味道。在光明甜茶馆，与杯子对视，天光也会盛于这尚未满盈的器皿中，我等待着某种事物经由心灵，缓慢注入。

鲜花怒放在灵魂寂寞的角落

湛蓝的高空似乎承载不起思念的沉痛，它们就要从那里掉下来了。那些洁白无瑕的云朵，高空中毛茸茸的漂亮玩具，就要从那里掉下来了。天，蓝得让人生疑，像是婴儿的眼睛，宁静而深邃。云朵却又精致得形象和具体，只有在想要伸出手指轻轻碰上去的时候，才会显得那么遥远、那么缥缈。

绿油油的树木，干净的石阶，还有三色的庙墙与佛塔，金黄色的殿堂、铜顶，都掩映在佛门之内。动，一动不动；静，宁静得让人屏住呼吸。阳光在这里轻盈得让人看不到她的脚步。

小院深深，深藏的愿望，像怒放的鲜花盛开在灵魂寂寞的角落。

要允许我迎风流泪，要允许我虔诚地跪下，把细小的爱寄存在这里，为你从我生命的罅隙里，如流水一般闪亮地到来、相聚，或是远离。像纯洁的阳光或是光滑干净的石头一样，温暖、面带微笑，或是在明净的空气里升腾，最终化为一些落寞的尘埃。

我要在秋风中，在根培乌孜山哲蚌寺下面的树林里，为你小声哼一些已经老掉牙或者没有名字的歌，还要继续写一段段的文字和情诗。它们会被时光、飘飞的树叶和落下的阳光一点点淹没，可是，愿望的触须还会生长在身后的那些空地上，超出你我的想象。

多么好，这里有硕大暖和的石头，夕阳穿过树林，云影和飞鸟的翅膀，一次次掠过，天如宝石那么蓝，它们那么近，可你认为那么远。

从根培乌孜，到尼泊尔。正是在哲蚌寺下的这片树林里，我决定一定要去尼泊尔。一定要经过珠峰旁的山口和谷地，经过以险峻和毛糙著称的中尼公路，进入到喜马拉雅的另外一面。

我无法证明自己是不是真的爱你。一段或远或近的旅程不能，一座珠穆朗玛的高度也不能，一段一生长短的时间也依然不能。一个人，一辈子，或许只能证明他是否酝酿过一场足够耐心与虔诚的等待。

为那些在自己生命里已经有过的失误，或者因你而踌躇的落寞、彷徨与徘徊，我在佛的面前羞愧、自耻，舍生取义。

清晨，年轻僧人在酥油灯前的祈祷，让我心头为之震颤。

哲蚌辩经者

辩经，不属于行色匆匆的擅入者。午后，掩映于佛门之内的树林间，火辣辣的阳光和密集的树叶形成了阴暗对比十分强烈的光线，而那些踩着光洁的鹅卵石的红衣僧人们，摩拳擦掌，不停变幻着表情与手势，时而吆喝时而念念有词，拍响了深寺高墙里最生动的节奏。

观光的远游客显得形迹模糊且可疑。僧人们的五官却分外分明，脸庞在林间的荫翳中清晰可辨。

与辩经的邂逅，缘起于午餐时在寺院餐厅里遇到的几位好心僧人，他们主动帮我把菜名翻译成藏语写在点菜单上，以免厨师弄错。为表答谢，我为他们点了一壶甜奶茶，然后就这般结缘。

能说一口流利汉语、英语，并从书面上进行汉藏互译的僧人多半不简单。果然，执笔的那位经师执教层次相当于“大学”的“教授”。喝奶茶聊天时，他推荐我下午去感受寺里的辩经。午餐过后，几位僧人告退，专有一位把我领到了即将开始辩经的辩经场里，简单告诉观看要领后离去。

由于不懂藏语，坐在辩经的僧人当中，我并不曾想深入到他们辩经的内容与细节当中。

我有些木讷地坐在那里。身边一位默默听辩、面目和蔼慈善的年长僧人注视我许久后，善意地斜过身子来，用不太流利的汉语告诉我辩经时的一些动作大意，比如：对辩者两掌相击，发出声响，是表示对立论者许可称对的意思；而以手背击掌，则表示错，藏语中“错”的发音和汉语比较接近，能听明白。

环顾四周的辩经者，对辩方有时击掌发问，挥舞佛珠，手拉立论者的僧袍或拍打他的身体；有时立论者精通经典，循循善辩，使问难者理尽辞穷；也有人不善言辩，被问得张口结舌，气氛热烈而紧张。一旁的年长僧人有时会向我翻译一两句两人所辩内容的重点，甚至还要让我发表一下自己的看法，我不通佛理，结结巴巴按自己心里所想据实相告，他说学佛的过程，经论只是一个方面，佛理越辩才能越明。

我后来知晓，那些手势和言语也是很有讲究的，提问前，对辩者将右手向后扬起，和左手相拍，然后将右手向下伸往对方身前后拉起，先说一个“底”。“底”音是文殊菩萨心咒中最后一字，可以启请心中的菩萨，文殊菩萨是智慧的象征，高扬的右手则说明文殊的智慧就在身后；二手相击，意思是说一个巴掌拍不响，世间一切都是众缘合和的产物。掌声则代表无常，一切都稍纵即逝，同时也有用清脆的响声击醒心中的慈悲和智慧、驱走恶念的意思。而右手向下后又拉回，是表明希望通过自己内心的善念和智慧，把苦难中的众生解救出来。

日常的辩经，是僧人学习佛教的辅助手段，而不同班级的僧人，每学完一部大论，或是每年学期结束，必须参加辩经仪式，证明自己已掌握了相应的知识，才有资格参加进一步的学习，这时辩经相当于考试。完成十三年的学习，即将毕业之时，僧人们将参加学生时代最后一次也是最为关键的一次辩经。同普通辩经不同，大辩经的立宗方是来自毕业班的学生，或两人或三四个人一组，分别接受考问。而发问方则是某个年级的全班同学，集体向毕业班的同学提问“发难”，当毕业班的同学，经过了所有年级同学的考问后，老师会根据他们的表现来决定其是否可以毕业。

一个僧人要取得某一种学位，尤其是高一级的“格西”学位，往往要经过几十年含辛茹苦的学经生涯。“格西”相当于汉语中的佛学博士，不仅要精通五部大论，参加辩经获得大家的认可，还要通过几项特殊的考试。在藏地，格西是一个尊贵的称号，意味着这个僧人已经精通佛学经典，有资格成为活佛的经师，有些甚至可以转世。

观看辩经的外来旅行者很多，但我希望，自己是那个午后辩经场里唯一不懂佛法的常人辩经者。

聆听僧人们辩经时摩拳擦掌的声响，我希望自己是这个午后辩经场里，唯一一个不懂 佛法的常人辩经者。

把你的名字比作莲

推开想象的水面

在光明里收复失地

在愿望的水中

船，船，拿什么奉献，我只为你

尼泊尔：

莲，在雪山大神的足尖上

佩瓦湖上，小舟所摆出的莲形图案，正是尼泊尔这个雪山佛国的精神象征——来自梵天的一朵莲花。 / 叶霜红 摄

对一个长时间在青藏高原上行走的人来说，喜马拉雅仿佛是魂牵梦绕的终极之地。在西藏沉思良久后，我决定动身前往尼泊尔，决定途经珠峰，进入到喜马拉雅的另外一面。

这是现实世界最高的一座山峦，像书写完一封漫长的情书，翻过这一页，我想，时光便会在这里折叠成一座绵延万里而不老的雪山。

翻越喜马拉雅

抬起脚的时候，才发现自己是在再一次地走向远方。

尼泊尔，当我途经珠峰来到这喜马拉雅的另外一面，多年前的心愿和所许下的诺言，现在是否意味着已部分完成？

2005-09-30

时间来到2005年9月的最后一天。我与在拉萨东措青年旅馆里相处熟了的朋友赢赢、媛媛还有曾强、秋霞夫妇一起途经珠峰，再从樟木口岸出境进入尼泊尔。

通往加德满都的中尼公路异常凶险，汽车在崎岖狭窄的山路上行驶，窗外望下去是让人头晕眼花的峡谷深渊。但尼泊尔司机轻松地打着口哨，身体随着汽车一起晃动。陡峭的山路、急速的转弯、险峻的青山、苍翠的林木、幽深的峡谷、随处可见的飞瀑和急流，随着海拔的急速下降，快速置身于亚热带的风景当中。

颠簸一路，在暮色中抵达尼泊尔首都加德满都。这是一个人口密集的城市，服装艳丽的人群挤满街道，奇形怪状的汽车不停按着喇叭，巨幅的广告牌上暴露的美女正搔首弄姿，街边的霓虹灯恣意闪烁，俨然红尘滚滚的香艳之城，而非虔诚的信仰之都。

但这种看法随即得到改变，因为车行中发现马路的中央或是街角处，冷不丁会冒出一些大小不一的庙舍或神龛，虔诚的信徒正跪在那里拜谒，香火缭绕。而身着纱丽的女孩子额头上点着红色的印记，不同扮相的僧侣坐在地上念念有词。这时候，对尼泊尔“宗教王国”逐渐有了一些感受。

尼泊尔经济相对落后，然而到了泰米尔街区（Thamel）建筑物容光焕发起来，街灯明亮，街道也变得整洁干净。夜色中，琳琅满目的商品摆满了街道，临街的商铺都亮着灯在招徕生意。原来Thamel有“To Home And Much Enjoy Life”（欢迎回家，好好享受）的意思，这里是加德满都的城中之城，是来自世界各地的游客们在尼泊尔的集散中心。

尼泊尔的第一晚，我们在珠峰牛排餐馆附近的小旅馆将就入住，价格便宜，但条件不够理想，房间里弥散着一股不太习惯的味道，打开窗户，发现窗外有一个大大的花园，很多不知名的花草摆放在那里，于是跑到花园的藤椅上躺着。远处，街灯闪烁，小巷里传来当地风情的音乐，而身旁不知名的花草则冒着幽幽的香气。在喜马拉雅的另外一面，在尼泊尔，我把自己隐没在了这个异国他乡的迷离夜色之中。

古建筑下，休憩的人们带给了我闲散的记忆;苦行的僧侣则一次又一次用鲜明的色彩将我吸引。

愈合伤痛的古城光辉

尼泊尔的历史和今天并不遥远。那是因为尼泊尔有三座至今还维持着中古世纪风貌的古城，遍布古城的那些细腻、精美、庄严、优雅的雕塑和建筑，是文字所取代不了的承载历史的记忆。

2005-10-02

尼泊尔的过去和现在并不遥远。尼泊尔有三座至今还维持着中古世纪风貌的古城。许是因为面积狭小，加上境内多山，适合用来建造城市的国土只有加德满都河谷，尼泊尔每座古城之间距离都很近，几乎可以“鸡犬相闻”。加德满都、帕坦、巴德冈互为邻居至少可以追溯到公元13世纪。当时马拉王朝的亚克西雅·马拉王将土地分给三个儿子，三个儿子分别在加德满都、帕坦、巴德冈开始了一种特别的竞赛——看谁能将自己的宫殿和城市建设得最为漂亮！

到底是互不服气的“虚荣心”作祟，兄弟几个私底下暗自较劲，抑或是虔诚的信仰使然，不得而知。时光荏苒，留给了尼泊尔的子民们三座代表了马拉王朝最高艺术成就的古城。作为三座璀璨古城的城中之城，三处杜巴广场是尼泊尔王国历史上最辉煌、最美轮美奂的建筑遗迹。

加德满都的杜巴广场距离Thamel区很近，走路十多分钟就到了。广场上总共林立了五十多座寺庙和宫殿，维持着中古世纪以来原有的建筑形式与风采。这里的杜巴广场在三处杜巴广场中面积和规模最大，红色砖木结构的神庙和王宫鳞次栉比，几乎所有印度教主要的神灵在这里都有一席之地。活女神库玛丽居住的女神庙也位于这里。此外还有纳拉扬神庙、湿婆神庙、湿婆—巴瓦娣庙屋、哈努曼猴神宫等，这些寺庙古迹外观看起来都十分近似，要一一记住名字并寻找出来，对一般人来说很是不易。

让人称奇和惊讶的是“性庙”上的雕塑，分布在庙宇四面木头上的浮雕，内容大都是男女交欢的场景，形象生动，大胆奔放。有一种似是为了“推脱”的说法，说是印度教认为这样可以防止建筑被雷电击中，因为雷电是个处女之神，见到情爱的场面会害羞地躲起来。“性庙”每年只开门一次，让印度教的善男信女们集体接受教育。其实即使不入此庙，雕刻在木头上的合欢之态，也已够人学习观摩的了。对三座杜巴广场来说，“性庙”似乎都是必不可少的部分，三处都有这样让人惊叹而诧异的雕塑。

“活女神”库玛丽（Kumari）平时住的女神庙，是一个天井式的小院，四周的墙壁和门窗都是极具特色的木雕制品，雕刻着许多神像和孔雀图案，据说是出自18世纪中叶的工匠之手。每天上午和下午，库玛丽都有固定的时间依在小窗前与前来拜望她的人见面。需要付一定的香火钱，但不能拍照。

我们付完费用之后，工作人员向楼上呼唤几声，一个小女孩儿便闪现在三楼的窗子前面，她就是“活女神”库玛丽！与想象中的形象和气质略微有些不同：眼睛和嘴巴比较大，涂抹着浓艳的口红，脸上的浓妆与未脱的稚气和眼神很不相称。现身不久，活女神就又消失到了窗户后面去了。面无表情，好在如此，因为印度教认为，活女神不管冲谁笑，那个人都将不会有什么好运气。

在印度教众多的神灵之中，“活女神”库玛丽是最独特的一个。“活女神”也叫“处女神”，代表纯洁、神圣和权力。旧时的尼泊尔，妇女地位卑微，然而库玛丽的地位却神圣、纯洁而崇高，连国王也要向她顶礼膜拜。

关于“活女神”的传说之一是，她是湿婆神的王妃帕瓦的六十二化身之一，曾经有个国王将她放逐，国家从此厄运不断，为了消灾免祸，国王从此便将她供奉在庙中，代代相传至今。人们则认为，“活女神”能保佑国家和人民，带来和平与繁荣。

“活女神”是从民间选取的一位幼女，在她第一次月经之前，将一直备受教徒的尊重和景仰，然而当她成为成熟的少女落红之后，她就不再是女神，要像普通人一样回到民间，再由新的一位经过挑选的“活女神”取代她。

挑选“活女神”的工作过去由皇家祭司进行。产生“活女神”的幼女必须出身自佛祖释迦牟尼出身的释迦家族，且祖辈必须生息在加德满都的两条圣河——巴格马提河和威斯奴蒂河两岸。她必须具备三十二种“美德”，传说脖子要像海螺，身躯要像榕树，睫毛要像牛的睫毛，全身不得有伤疤和瑕疵，不能接受阳光照射，不得流血，脚不能触地。她还必须不惧黑暗，与祭祀的羊头和水牛头共处一室一夜，不发出哭声，过去还必须同国王属相相同才行。

“活女神”要经历世间最悬殊的宠辱哀乐。多数“活女神”成为少女恢复凡人面目后，由于没有接受现代教育，缺乏收入来源。而在传统观念中，她们通常会被认为身上的神力过大，克夫，男人们不能娶她们为妻。许多活女神回到民间终身未嫁，老死闺阁，只有极少数例外。

杜巴广场上，庙宇与雕塑把我带进了这个南喜马拉雅国度的古老历史当中，成为愈合我内心 伤痛的一缕光辉。

巴格马底河边的葬礼

加德满都市东五公里的湿婆神庙，是印度教中最重要的庙宇之一，每天都有来自印度和尼泊尔的信徒前去朝拜。尼泊尔的圣河巴格马底河，就从神庙中间穿过去，在下游连接了印度的圣河恒河。

我们到达湿婆神庙的时间刚好是周末的傍晚，趁着阳光，还有很多尼泊尔人在河水里沐浴净身。

“荼毗”是印度教的重要仪式。在尼泊尔，不论任何身份的人，都以死后能得到荼毗为荣，能在圣河巴格马提河荼毗是许多信徒一生最终的愿望。巴格马提河源自喜马拉雅山，尼泊尔人相信喜马拉雅山是天堂的所在，来自天堂的河水可以帮助凡人消除孽障。

正如庙内主供神——湿婆神在印度教义中既掌管生又掌管死一样，湿婆神庙的一部分是进行“荼毗”仪式的相关建筑，而另一部分则是河岸山坡上主供的“灵甘”神龛。“灵甘”象征生殖器官，是印度教中生殖崇拜的体现。样子像是石磨，上面是圆柱体，下面有一个圆盘，据说结婚后久未生育的妇女钻到神龛中虔诚祈祷，然后再抱着石磨状的“灵甘”推行，可求得生儿育女的夙愿实现。另外，一些年轻人谈恋爱的时候，也喜欢到这里来，象征两个人能够长相厮守，幸福美满。

相对象征生的“灵甘”，举行死人的“荼毗”仪式时，尼泊尔人并没有太过悲伤的场面。死亡对他们来说显得非常淡然，因为他们认为死人在“荼毗”过后，骨灰撒入圣河之水，灵魂便能脱壳进入神界，这便又是生的开始。

我们到达的时间，有几处焚烧台上的荼毗仪式已经进行完毕，有人正用竹竿将荼毗后的灰烬推入巴格马提河里，任其顺流而下。一些人跳入圣河，在河水中沐浴。此时，在岸边另外一些焚烧台上，木头已经搭建完毕，一些尸身已被送来，新的荼毗仪式即将开始。

荼毗，简单来说，就是按照印度教相应的仪轨，将死者放置在木头上焚烧。当死者完全烧成骨灰后，就全部推进巴格马提河里。死者的亲人纷纷跳入圣河中沐浴净身，他们迎着夕阳捧起一捧圣河之水浇向自己的头顶，进行祈祷，“荼毗”就算进行完毕。这时的人们会认为，荼毗之后，死者的灵魂已经随着巴格马提河的河水流进了天堂。

即将举行一场“荼毗”，对印度教众来说，起源于喜马拉雅山的河流，能将死者的灵魂重新带回到天堂。

巴格马提圣河从湿婆神庙下缓缓流过，在印度教里，湿婆是毁灭之神，主管生死，也是最受尼泊尔人喜欢的三大主供神之一。

重踏“嬉皮之路”

从加德满都到博克拉，不经意间历经了一段“嬉皮之路”。尼泊尔曾是嬉皮士们的乐园，20世纪60年代，许多对现实不满的欧美年轻人，称尼泊尔为“人间仙景”，这些到东方来寻找精神力量的“花的孩子”，从欧洲的阿姆斯特丹出发，一路高唱着“加、加、加，加德满都”的摇滚，经过阿富汗的喀布尔、巴基斯坦的马甸、印度的果阿、尼泊尔的加德满都，最后以喜马拉雅雪山下的博克拉作为他们东方朝圣的终点站。

因为嬉皮士，位于加德满都杜巴广场右侧的“奇异街”，是20世纪曾经风靡尼泊尔的一条街道。也时常被人称为“嬉皮街”，反倒原名要勒街（Jochne）已没有多少人知道。

奇异街也兴于60年代中期，当时风靡全球的嬉皮士们闯入加德满都，在这里找到了他们的“人间天堂”。那些长发嬉皮士说着不同的语言，身穿印度教的白袍或佛教徒的黄色袈裟，满身珠宝或是赤身裸体，冷漠或是热情，消沉或是亢奋，他们崇尚自由开放的艺术，种种放浪不羁的行径为保守的本地生活带来了莫大冲击，当时不少加德满都的青年和僧侣也加入其中。

于是尼泊尔政府决心大力整顿，严格限制嬉皮士们的入境签证，到80

年代初，嬉皮人数锐减，加上全球的嬉皮热已经逐渐消退，奇异街的风光不再。那些画家、舞者、作家、神秘学者及街头无所事事的人群，又纷纷选择离开了这里。

今天的奇异街，还能隐约感受到昔日盛景的一丝魅影：这里的旧货店里还有他们遗留下的复印画以及“色情”书籍，还有加德满都最便宜的旅店，这条街道虽然已经不再像当初一样充斥着大麻和迷幻药，充满迷离和颓废的气氛，但街道两旁许多灯火昏暗的小型旅馆和酒吧、餐厅，仍然吸引着各国年轻自助旅行者的到访。

作为嬉皮士心中的“麦加”，博克拉也曾经见证了一段特殊的“嬉皮”史。那时，博克拉的佩瓦湖畔，到处都是嬉皮士们搭建的帐篷和简陋的旅店。他们终日吸食大麻，同时与雪山、碧湖为伴，欣赏美景、放逐灵魂，在博克拉原始本真的当地文化中完成他们对工业社会的逃离。如今，美国“银子弹”乐队《加德满都》的歌声已经不再飘扬，通往加德满都的嬉皮之路已经荒芜，只有安静的安纳普尔纳雪山白雪依旧。

而我，疑似的“嬉皮”也算不上，重踏一段“嬉皮之路”，纯属偶然而已。

倒是因为是高山王国，雨水又多得出奇，尼泊尔适合漂流的天然河流很多，六个安全级别的漂流河道全都具有，这让我兴趣不小。我和朋友们一起选择的是三级强的翠苏里河（Trsuli）漂流。这是一个包含从加德满都到博克拉一个漂流、一顿午餐和两个车程的旅行套票，才十五美金，听说从翠苏里河还可以直接到达尼泊尔另一处旅行圣地奇特旺国家公园。

一大早就有代理公司的人来住宿的酒店接我们，步行了十几分钟，把我们安排到长途汽车上，然后塞给我们一个纸条，告诉我们在半途下车后与纸条上的那个人联系，后面的漂流和交通会由他来安排。

车在翠苏里河边停住了，下车后找到纸条上所写的漂流教练，又奇妙地碰到了几张熟悉的面孔，在北京三里屯西六街，我们在尼泊尔大使馆里同一天拿下了签证，现在又在尼泊尔相遇，并坐在了同一艘皮筏上，觉得分外亲切。

教练是个年轻的尼泊尔人，幽默，但也很认真。从小在翠苏里河边长大，所以他和父亲一起经营了漂流公司。漂流之前，父子俩非常严格地对我们进行了半个小时的漂流培训。

惊险万分的漂流开始，两岸美丽的峡谷风光已经顾不得欣赏。在教练的指挥下，众人齐心协力用木桨划水，从汹涌的浪头和澎湃的激流中平安闯过，已经成了漂流时最主要的任务。而在这变化多端的河道上，一轮惊险还没有完全过去，新一轮的冒险又将重新开始。只有在一些稍稍平缓的河道处，才有机会抬头看一眼头顶上的蓝天、白云，还有一些钢丝吊桥跨越在青翠的两山之间，有牛羊和行人从上面晃晃悠悠地走过。

神秘的宗教气息，是尼泊尔除了喜马拉雅雪山之外，吸引众多人前往的原因之一。

如果有你，佩瓦湖是不是就不会忧伤

来到博克拉，尼泊尔最著名的旅游城市。这里有当年嬉皮士们东方朝圣的幸福终点站——佩瓦湖，而湖光的深处就是安纳普尔纳雪山群和俏丽的鱼尾峰。这里因湖而美丽，更因喜马拉雅雪山而神采飞扬。

来时，曾听说华裔女作家韩素音，当年受邀到尼泊尔参加国王的加冕大典，与印度陆军上校文森特在这雪山碧湖的美景中一见钟情，双双坠入爱河，这段浪漫恋情，演绎出了后来畅销世界各国的小说 *The Mountain is Young*（青山青）。

这里本应该是一个见证爱情传奇的地方。可我，如今站在佩瓦湖边，只能空空地想你。

2005-10-04

小雨纷飞的早上，踩着沾满露水的草叶，来到佩瓦湖边，博克拉还没有醒来，佩瓦湖还没有醒来，雾气还没有散去，还看不到远处的雪山，也看不到远处的湖面，只有近距离的波光在晨曦中闪现，漾起细碎柔和的涟漪。

还没有太多人，小虫在草地里鸣叫，空中弥漫着水草的气息和淡淡的花香。而湖岸上青绿色的山坡和梯田，还有屋顶上升起乳白色炊烟的人家，它们被雨雾所笼罩、覆盖，只看得到一些恍惚的影子。

晨曦中的佩瓦湖，是冷艳、孤单、凄婉的，让人心疼。

我在想，如果有你，晨光中的佩瓦湖是不是就不会那么忧伤？就不会那么清冷。

如果有你。

那，等待薄雾散尽，湖的真实面目揭开，我就不可能在平静的湖面上找不到熟悉的微笑和欢呼，也不会空出那么多的游艇停靠在水岸上。也就不会在湖畔的花园里剩下那么多空置的椅子。

还有秋千。新鲜的草绳摸起来有一点点粗糙、扎手，就不会再在空无一人中被我推动，空落落的，摇荡得不知何故。

就不会有一个男人对着那么清冽、迷人的湖，无聊地抽一根叫作“ESSE”的烟。

一些麻雀飞上了餐桌，几只蚂蚁钻进了糖罐，是它们陪伴了我在湖边餐厅里一早上的时间。我在想，如果有你，佩瓦湖的早上是不是就不会显得那么忧伤。

鱼尾峰，尼泊尔国标之一，在这著名的南喜马拉雅雪山脚下，我不可遏止地回想起自己有关雪山的所有往事。 /小刀 摄

旅馆窗外的佩瓦湖，总是随着人们睡梦的结束而醒来。 ／小刀 摄

南喜马拉雅的行走

我终于来到，南喜马拉雅这众神的后花园。眼前的佩瓦湖，平静得像是一张玻璃，巍峨绵延的安纳普尔纳雪山群，以及惟妙惟肖、挺拔俏丽的鱼尾峰，则巍然屹立在不远方。

每天，当博克拉和佩瓦湖从薄雾中苏醒，柔和平静的湖光和湖边一排排彩色的游艇交织在一起。漫步来到湖边，细碎的小花在草丛中竞相开放，空气中弥漫着水草气息和淡淡的花香。而不远处的山坡上，绿色的梯田像明亮的梳子一样整齐，村落上空升起乳白色的炊烟。公路沿着绿意葱茏的稻田，往乡村深处伸展。身穿纱丽的尼泊尔女子，在田间劳作。不知名的大鸟，在田地里起飞。而云彩，则在天空中不停变幻。

为了更近距离接触那些巍峨而磅礴的雪山，雨过天晴的日子，早上五点，群星还在天上闪耀，我们跟着博克拉当地向导Zarak出发了。

沿着一条崎岖的小路，我们向上急行，这是一条当地人时常走的小径，Zarak叮嘱我们，要扎紧裤管和鞋腰，因为草丛中有很多蚂蟥。为了抢在日出之前到达山顶，大家几乎累得快要虚脱，好在赶到山顶的时候，精彩的一幕幕，都还没有来得及开场。

安纳普尔纳雪山，正如梦初醒般屹立在我们面前，散发着银色的光芒，随着太阳缓慢升起，阳光将雪山一座一座点燃，金黄的色度，从峰顶慢慢向雪白的山体蔓延，直到最后完全占领。

Zarak的家，就在雪山底下，是一个只有五十八户人家的小山村。整个村落，就被对面的安纳普尔纳雪山环抱着，那庞大的雪山山体，似乎触手可及。深蓝色的天空映衬着洁白巍峨的雪山。晶莹圣洁的雪山下，就是青葱的田地，身着鲜艳衣装的农妇正在田地里劳作。散落青山绿水间的屋舍，红白相衬，色彩明艳，在雪山绿谷与蓝天白云之下，仿若世外田园。

坐在Zarak家门口的小院，景色美得让人错愕。

我们的来到，引起了村民们特别是孩子们的“轰动”。他们热情好客地围在我们的周围，问长问短。Zarak介绍说，德赛因节（类似中国人的春节）就要到了，学校已经放假了。他们有说有笑地围着我们，抢着让我们为他们拍照。

在Zarak家喝了香浓的尼泊尔甜奶茶。他的家人在为我们准备午餐的当口，Zarak带着我们在村子里四处游览。村民们的热情洋溢在脸上，高兴地向我们打着招呼，“Namaste！”不经意间，我们无论走到哪里，也用上了这句最简洁也最常用的尼泊尔语，还不忘加上汉语的“你好”，来一并表达对他们的谢意。

村中一块空地上，有村民拉回了一头健壮的水牛。Zarak告诉我们，这是由全村村民们捐钱，买下来等到德赛因节时祭祀用的。生活在这里的人们，虽然生活并不富裕，物质条件不怎么优越，可都显得非常快乐。那些衣着破旧的孩子，眼睛里带着羞涩，充满对陌生人的好奇，如一朵朵静静绽放的小花。我们赠送给他们一些铅笔和糖果，让他们兴奋不止。

天真无邪的孩子，快乐活泼的孩子，因为你们，我们的到来是不是有福了？

帕坦如梦初醒的早晨

在尼泊尔，时常会感觉自己置身在一个超越时空的隧道里在不断轮回，不用刻意，不用费力，随便从一处陌生的建筑、风景，或是一个人开始，都能为自己负载得已经很沉重的灵魂找到一个出口，找到愈合伤感和疼痛的光亮。

这也许就是喜马拉雅山下宗教和梦想之国的独特魅力吧。

帕坦在阳光中醒来，而我在阳光中沉醉，在迂回、曲折的走廊内穿行，流连不止，几乎忘记了时间的存在。

帕坦，在尼泊尔语里有着“商业之城”的意思。帕坦在三个古城里历史最为悠久，是加德满都河谷古代商业中心，也被视为最古老的佛教城之一。帕坦主要的街道都以杜巴广场为中心，向四方的佛塔呈放射状分布。传说这些佛塔多半是印度阿育王时代兴建的。

与加德满都的杜巴广场一样，在帕坦，砖红色是这里的主色调，质朴的红砖和栗色的精制木雕加上密集的寺庙和砖石佛塔，构成了这里独特的建筑风格。徜徉于此，除了让人惊叹以外，更多的是对这里古典艺术的折服，每一处建筑都如老人脸上殷实的皱纹，曾经的风华清晰可辨。

古杜巴广场没有设立专门围墙，而是与周围街区和居民们的日常生活紧密融合在一起。早上，阳光刚刚升起，游客和当地的居民就已经开始把这里吵得沸沸扬扬。

钟声中，鸽子在头顶上空盘旋不止，砖红色的墙壁被阳光照耀得透亮，而木雕上长长的飞檐又在地面投下令人产生无限遐想的阴影。房屋建筑、木质雕刻的图案、花纹，还有神殿和庙堂，任何一个地方，哪怕是边边角角，都充满不可思议的美。

而各种各样的游客和当地人穿插活动在其中，又使历史久远的古城充满了新鲜的生活气息，让人无限感叹这里的惬意。

那些尼泊尔小孩儿光着脚板，毫不拘束地在泥地里玩儿他们的游戏；妇女们顶着水罐汲水归来，光着身子的孩子在浴池里沐浴嬉戏；衣着艳丽的苦行僧在人群里穿行；披着纱丽的娇羞少女，神采飘逸地从身边闪过，美得让人惊艳；而鸽子和飞鸟则在阳光里自由飞行……

帕坦的早上，人们习惯地从阳光到来的时候开始忙碌，孩子们则开始在神庙间玩耍嬉戏。

喧闹的人群和嬉戏的孩子，为清晨的杜巴广场上肃穆的建筑带来了清新与活力。

巴德冈，细碎光阴如若片段

巴德冈是14世纪到16世纪时，马拉王朝在加德满都河谷地带的首府，这里以精工木雕著名，代表了马拉王朝最鼎盛时期的建筑艺术成就，素有“露天博物院”之称。

位于旧宫墙上的孔雀窗，是巴德冈最具代表性的建筑作品。经历了几百年的风雨，镂空浮雕的孔雀，依然高傲地开屏挺立着，一根根孔雀翎毛清晰可辨，仿佛就要飞出这个窗台。此外，巴德冈博物馆旁的黄金门和五十五窗宫，也是著名的雕刻作品。

窗宫建于公元1700年，红砖墙上饰以优美的背景和雕刻图案。据说这座拥有镀金大门的房子，是马拉王的后宫。每天傍晚，马拉王都会来此挑选过夜的妃子，精心打扮的妃子们就从这些窗口里探出身来，展示自己的姿容，以期得到国王的宠幸。

位于陶弥嘿广场的尼亚塔波拉庙，是巴德冈的标志性建筑，是尼泊尔最高的印度教神庙，供奉着西提拉克希米女神。“尼亚塔波拉”在尼泊尔语中是“五层”的意思，一般的印度教寺庙只有三层，这座庙五层并且高三十米，足见地位特殊。

有趣的是塔下的阶梯，也分为五层，每层旁边都立有不同的雕像。它们由下往上排列着大力士、大象、狮子、神鹰、西提拉克希米女神。据说这种排列，是因为每层雕像的神力，比下一层雕像的神力大十倍，最下层的大力士，神力又比凡夫俗子的普通人大十倍。

最让我好奇是，在巴德冈古城，还存有一个陶器市场，一些少数年轻人和老人们，还固守这份古老的产业。

古朴、典雅，正是巴德冈的魅力所在。行走在大气磅礴而又精湛的宫殿庙宇间，细碎光阴如若片段，那些在商铺里卖皮纸灯笼的女人，制造陶罐的女孩儿，给孩子洗澡的妇女，还有显得文明而礼貌的学生，天真妩媚的小姑娘，他们和古城，仿佛成为呼吸相连的整体。

穿行和徜徉在这雕刻和记载着历史的古城当中，不由得让人产生时空交错的感觉。这座璀璨的艺术都城，它的每一条街道，都像是在通往历史的隧道。每一处雕塑和建筑，都如同老人脸上殷实的皱纹，曾经的风华依稀可辨，构成了历史长长的字节。

羊的忧伤

尼泊尔人的一天，是从朝拜开始的。每当黎明到来之时，人们起床后的第一件事情，是要和家里其他人一起出门，去附近的神庙里朝拜。他们用托盘托着祭祀用品，要等待第一缕阳光落地时，在神像面前进行敬献。

祭祀用品，一般包括红色的朱砂粉、细碎的花瓣还有米粒。拜完神灵之后，人们会用圣水和黏土将这些物品混合成糊状，涂抹一些在神像上面。剩下的，则涂抹在自己及家人额头上，象征神明与自己同在，这种方式，就是尼泊尔人著名的“迪嘎”。

“血祭”，是尼泊尔人另一种庄重的祭典。当遇到节日、婚礼、房屋落成等重大庆祝活动时，人们通常会将公鸡、公羊或公牛，在神灵面前宰杀，之后提着祭品，按顺时针方向绕神三周，然后将小黄花与米粒，撒在神像上，再进行和“迪嘎”类似的步骤，以加强神与人之间的沟通。

看似有点残忍的“血祭”，对尼泊尔人来说则情况不同，因为祭祀不仅意味着当着神灵的面敬献了贡品，杀死一头牲畜，还意味着使一个化身为牲畜的“不幸的兄弟”得到了解脱，给了它“再生为人的一次机会”。

“奔羊节”时，好心的当地人提醒我们去附近的庙宇参看宗教仪式。我们走进庙门的时候，地上燃烧着火堆，僧侣和人们坐在地上祈祷着什么，教徒们则不断涌向神殿向神灵进献和朝拜。寺庙会有专人，在每个人的额头上授予朱红的“迪嘎”，并示意我们要不要也来上一点。

庙门内，空地上的神像，撒满了家畜的鲜血、米粒与花瓣，看样子“血祭”刚刚完成，整个寺院处于一种欢腾的状态中，仪式正进行得虔诚而隆重。

我坐在寺外的空地上，一只眼神忧伤的羊，正悄然偷吃着神像上“血祭”过后留下来的红色米粒与花瓣。它刚刚进行过“奔羊节”上的一场奔走仪式，像在青海和西藏时，那些围着神山圣湖转山的放生羊一样，现在，也许它是真的饿了、累了。

想起离开北京时写的那句：“看见每一只转山的羊，都要给它粒粒饱满的麦子！”在神祇的面前，我不忍心再看它的眼睛。

这一只羊，分外可怜。

斯瓦扬布纳特寺塔的黄昏

在尼泊尔最后一天，把时间交给了斯瓦扬布纳特寺。这是一个人、神与猴子共处的佛教寺庙。

晚间，回到龙游客栈，收拾妥当，在睡前与大家一一惜别，那些熟悉的，还有很多不熟悉的来自国内的朋友。曾强和秋霞还在博克拉，赢赢要去泰国，嫒嫒继续留在加都，而我将乘坐国际班车到樟木，然后回拉萨。

我的南喜马拉雅之行，至此，告一段落。

2005-10-07

在尼泊尔的最后一个黄昏，我上到了建在加德满都西郊山顶上的斯瓦扬布纳特寺。这里是观看加德满都全景最好的地方。

斯瓦扬布纳特寺是著名的世界文化遗产，穹形的覆钵上建有一个方形塔，四面画着巨大的佛眼，表示佛法无边、无所不见。佛眼是尼泊尔的重要标志，威严地注视着芸芸众生。佛眼下像问号一样的鼻子，则是尼泊尔数字“1”的写法，寓意深远。

传说，加德满都河谷原来是一个大湖，湖面有一朵奇异的巨型莲花，散发着令人敬畏的光华。来自中国五台山的文殊菩萨，希望这朵莲花绽放得更加绚烂，就用神剑在山背上劈开一个豁口，让湖水从那里排出，从而形成了加德满都谷地。此后，文殊菩萨又在谷地上建立了一座城，交给随行弟子掌管，尼泊尔这个国家就此建立。

这个美好的神话故事，倒是揭示了尼泊尔的历史集宗教文化于一体的传统。事实上加德满都始建于公元723年，原名康提普尔，意为“光明之城”。16世纪改称加德满都，尼泊尔语为“独木庙”之意。起因是公元12世纪，李查维王朝的国王用一棵巨大的树建造了一座塔庙，后以此庙为中心，建屋扩城，因而改名为加德满都。

加德满都共有大大小小的寺庙和神龛三千多座。仅占地七平方公里的市中心，就有庙宇、佛堂、经塔三百五十多座，形成庙宇多如住宅、神像多如居民的景象，是真正的寺庙之城。这似乎可以用来解释尼泊尔全民信教的原因。据说尼泊尔各种神明加起来竟达两千二百万之多，比尼泊尔过去的人口还要多。

印度教和佛教和平共处，往往相互混合在一起，当一个人皈依佛教以后，并不意味着他不再是印度教徒。尼泊尔兼有多种宗教崇拜，这在世界上绝无仅有。

这是尼泊尔加德满都的黄昏，最后的黄昏。

望着山下的加德满都，同行的赢赢说：“俯瞰夕阳下的加德满都全景，也许是告别尼泊尔最好的方式。”看着白塔上那深邃动人的佛眼，她问我，不知佛祖是不是也有俗世的依依不舍。

我只能无语感叹，无法作答。

这是最后的斯瓦扬布纳特寺，这是最后的尼泊尔，最后的加德满都，这是喜马拉雅另外一面最后一个暮色如凝、日落的黄昏。

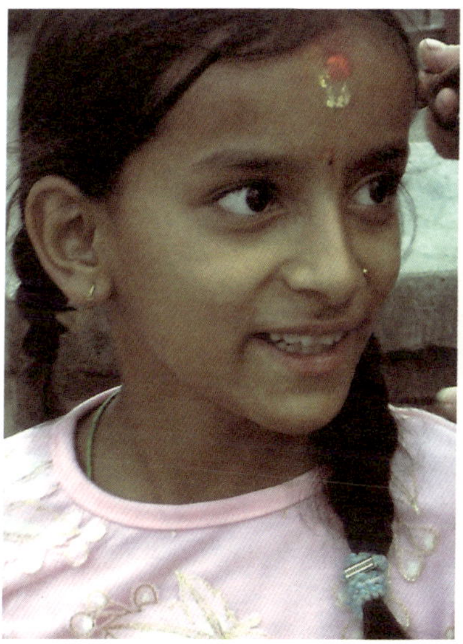

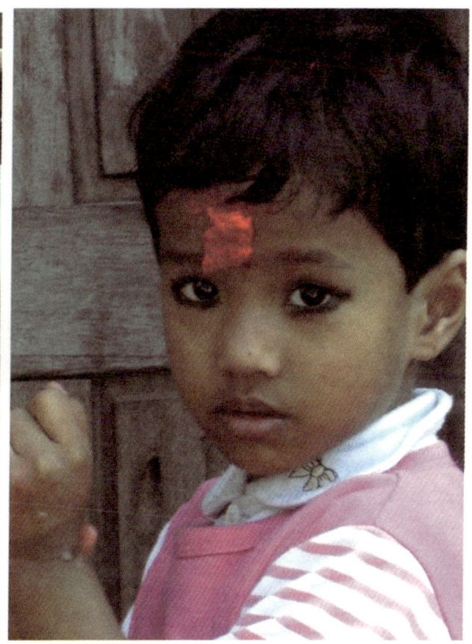

这贴身温暖，而又如影随形的纠缠

我无法解释为之峭立和跨越的崇尚

指向天空的枝梢上…………

我已用阳光的泪眼

放走了春天的鱼苗，和一生的光明

川藏、滇藏公路：贴身温暖，而又如影随形的纠缠

道路两旁黄亮的树林，是秋天所生的幻想，是一首飘浮在纯净阳光和透明空气里的季节之诗。

2005年10月，已是下旬。行驶在风光旖旎的318公路上，三辆崭新的越野车，我是唯一的乘客。车队的向导强巴晋美哈哈大笑着说："小伙子，这条路上的风景，现在可全都是你的啦！"

是的，我赶在了最好的时候，一路追赶着滇、川藏线上的秋天。

路上的风景

我所乘坐的“沙漠王”，以每小时近百公里的速度，在拉萨到林芝再到波密到芒康到德钦之间的山间公路上盘旋迂回。这是318国道，川藏公路南线和滇藏公路交会的一部分。

当渐渐远离拉萨，经过墨竹马曲边的村落和草原，经过海拔5013米的米拉山口以后，沿途一处处迷人的风景，便扑面而来。

在这条路上，我终于忍不住要向人发短信说：亲爱的，现在的风景，美得让人心都要碎了。

2005-10-20

彼时风景，无法用语言形容出那种蓝天的蓝，狼毒的红，树叶的黄。明媚的阳光，伴随着河水在寂静的山谷中缓缓升起。白色的云朵，从山顶探出大半或者更少一点的脸颊，不妨闭上眼睛，想象她们羊群一样布满深空，绽开风中的幻想。你会听到，草叶和露水摩擦出沙沙的声响，由急促陡然变得缓慢，然后接近停顿。

说：好美哦！应该有一首飘扬在天空中的深蓝色音乐，从宁静的河面冉冉升起，弯曲、波动。阳光被山峦还有河谷，分割成不同的层次，像和谐的音调此起彼伏，把女人躯体般柔软的滩涂，隐藏在蓝色的河水和湿漉漉的长发下面，把彩色的霓裳挂满山坡。天地间如同一幅宽广的帷幕，画着可以给人带来无限深情和心灵安抚的村庄、树林，还有树林旁神采奕奕的棕色种马。

说：天哪！山峦的另一面，在太阳的照射下，正呈现着条带状的黄和绿，针线一样缝在岩石和丛林当中。而黄和绿都还只是陪衬，在另外一面山坡上，黄色的树林正影影绰绰，婆娑成一片迷离的明亮。明亮覆盖了灰褐色的岩石，覆盖了闭上眼睛时视觉中呈现的短暂黑暗。当光线被阻挡，散发出精彩光晕的时候，河滩上的狼毒看起来似乎在燃烧。不是在燃烧，那是滚烫的脸颊上的绯红！像晚霞一样在沸腾、在呐喊，在饱含思念的深情。

的确是好美啊！

当阳光穿越山谷的时候，河流变幻出神秘的深紫色，绿和蓝也在不断交替。

有一种美，比我所知道的美还美，有一种风景，比我所看到的风景更要辽阔。

山岩如同版画，道路的两旁生满秋天的幻想。

所以我才要竭尽全力地说给你听：风停止了呼吸，阳光停止了脚步，白云像棉花一样漫无目的地飞了过来……

又见林海

早间，在墨竹工卡前往日多的路上，我们在墨竹马曲旁一处草地上停车休息时，一头狼从我身边不远处晃过，被我误以为是一只附近牧民家的獒，并要对它进行拍照。

桑旦赶忙从后面把车驶到我跟前。

那条狼，依旧不紧不慢地从我身前不远处的草地向远处的林丛走去。还不时回过头来，斜着眼睛看我们几眼。“在这里，人家都没有，哪里会有藏獒哦！”桑旦边笑，边用半生不熟的汉语唠叨着。

除了狼，让我好奇的还有开始出现的丛林与树木。

在很早就看过的雅克·汉贝的电影《喜马拉雅》中，喜马拉雅深处，那个海拔五千多米与世隔绝的小山村，老首领霆雷的孙子——一个失去了父亲的小男孩儿，第一次看到的树，是僧人叔叔诺尔布用小石子划在石头上的一幅画。那个划在石头上的树的印痕，便在那个小男孩的心中扩散和成长开来。

小男孩儿问树是不是很高，他妈妈说是的，站在树上能够看到很远的地方。小男孩儿感觉到树就像自己的爷爷一样。

他又问他的僧人叔叔见过真树没有。这位醉心于艺术，天天在唐卡和墙壁上绘画的画家则摇了摇头。小男孩追问，没有见过树，你怎么会知道树的样子呢？僧人画家告诉小男孩儿，这是他师傅教给他画的。

参天大树，在藏北确实稀缺，在藏东南一带却并不少见。从拉萨到林芝，过了米拉山口，沿途开始逐渐出现林木，一直到茂密的树林，树开始让人不足为奇。

车出林芝，从公路转向色季拉山开始，眼前出现了绚丽多彩的一团团、一簇簇的秋色。而过了山口，桑旦告诉我，下山就是鲁朗林海了。

听了林海这样的称呼，起始吓我一跳，因为当时我并不知道，这里已是我国现在保存面积最大、最完好的一片原始林区了，所以人们才赋予了它“鲁朗林海”这样一个诗意的名字。我想，如果把青藏高原大部分地域，看成是一个强悍而粗犷的汉子的话，那藏东南一带，简直就像是一个活泼而俏皮的少女，更让你改变对西藏那种到处都荒芜一片的认识。

在色季拉山口，南迦巴瓦峰依稀可见。下山途中，茂密高大的林木阻挡了镜头，还好没有完全阻挡视线，在一些公路转弯的地方，那座三角体的雪山，成了我滇、川藏之行无数回忆中最难以忘怀的部分。

那时候，我还不知道那座雪山，就是赫赫有名，被誉为是众神居所的南迦巴瓦峰。司机桑旦并不善汉语，摸着脑门想了半天，也没有能够说出它的汉语名字。否则哪怕急着赶路，我也会央求他将车子停下，哪怕几分钟也行——要知道，不少专业的摄影师，有时在南迦巴瓦峰下一待数天，也没有能够一睹它的芳容，更没有拍下一张完全清晰的照片。

山林静寂，我们像水流一样，无声地漂流在山峦与林海之中，穿过森林的腹地。这些茂密的林木，在目光所及的车窗外，直通向远方的山岭还有河谷，密密麻麻，一望无垠。

迷人的森林，原始森林；绚丽的林海，叫作“鲁朗”的林海。

夜走天险

本来计划要在天黑之前闯过最为险峻的排龙、通麦两处“天险”。但下午三点，汽车钻出葱郁的密林，一头扎到鲁朗镇时，就下起了小雨。前行的车辆都被拦了下来，排了长长的一队，公路道班的人说，前面正抢修道路，要到六点以后才放行。

小雨淅沥，远处的加拉白垒雪山被云雾遮挡，只留下如梦如幻的影子。山影与云雾，最后竟然与天空融合在一起，消失在一片银灰色当中。只有近处一些低矮的小山上，黄色的树林还能看得比较清晰。小雨中气温下降了很多，冷风吹来，透出一阵阵寒意。

向导和三位司机聚在一辆车上打牌。鲁朗镇有川藏公路上很知名的美味：石锅鸡汤，还有当地特产手掌参。而我已无心遐想这些，望着云雾笼罩的鲁朗小镇，只盼望把守公路的武警们能早些放行。

五点半，好不容易等到前方施工的部队电话打过来说开始放行，我们的车子启动后，就一直冲在最前面加速行驶，想在天黑前冲过川藏公路上最惊险难走的道路。哪知车过鲁朗兵站不久，修路的机械车仍横亘在公路上，我们的车再次被阻挡，等到半个多小时以后，才又逐渐恢复通行。

不久，我们三辆车中后面的一辆出了些故障，三位师傅齐上阵，一起修车又花掉了大半个钟头。再次出发，天色已晚，汽车在行驶中已经需要打开车灯了。而这还只是糟糕的开始，大雨中，我们的车又经历了一次爆胎事故。

过东久乡后，沿着拉月曲，公路变得格外狭窄。车行前方，雨水浇透黑色的树林，坑洼不平的泥泞路面，布满乱石。公路外面就是万丈悬崖，看得到下方白色的江水，像猛兽一样在怒吼。三辆车的距离开始靠近，坐在最后一辆车上的强巴晋美，用对讲机和桑旦不停说话，询问他有没打瞌睡，并一再叮嘱我要和桑旦多说话，千万不能让他有睡意，因为天险之路已经开始了。

快到排龙的路上，桑旦开始念诵经文，他说几年前的一次车行中，一块飞石差点儿让他在这里丧命。没走多久，我们看到一辆载满货物的大卡车倾斜在公路外侧，车身已近悬空，被几根粗大的钢索缠在上方的电线杆、木桩和大树上，车下面就是悬崖和江水。好在车子还没掉下去，能用机械车拖上来，也算不幸中的万幸。我们三辆车小心翼翼地从旁边驶过去，看到路边有两个全身湿透的人，坐在那儿抽闷烟，问了他们情况，说正等着吊车前来救援。

黑夜中，前方的雨越来越小，路面也逐渐干燥了起来。九点多的时候，我们缓慢通过了军事管制的通麦大桥，这是通麦新桥，原来的大桥已在2000年时被一场洪水冲毁，新桥只能单向行驶，时速不能超过五公里，而且一次只许一辆车上桥行驶，花费时间不少（这座桥因2013年垮塌事故，也已经废弃，现在使用的是通麦特大桥）。过了桥，翻过山口，到达通麦镇后，一个操着四川口音的旅馆老板娘走过来说：

“晚上就宿这里吧，不要再前行了，刚刚又掉下去了一辆，一个漂亮的女娃儿当场就没有了哦，司机送到医院也没保住呢！”

为了赶时间，我们继续前行，到了出名的“古乡泥石流区”，这里有出名的“小塌方”和“大塌方”，也被称为“小102”和“大102”。特别是在102大塌方地段，几段长达数百米的滑坡面在雨季里随时可以落下飞石、涌现泥石流。路基摇摇欲坠，不久前刚刚发生的泥石流痕迹赫然在目。

车又行驶了四十多分钟后，进入一段“高速”的柏油路面，终于离波密不远了。桑旦叹了口气，说他已经非常困了，在公路边把车子停下，下车来抽烟。算起来，我们从早上五点出发，到晚上十一点半，已经行驶了将近二十个小时。上午时，我靠在座位上美美地睡了一觉，这时仍觉得瞌睡难忍。

坐在湿冷的公路边上，看得见帕隆藏布江对面的雪山，月色明朗，低沉的云雾萦绕在半山腰上。公路两旁繁茂的树冠伸展开来，遮住了路面，如同张牙舞爪的动物。帕隆藏布江则在月光下闪着乳白色的光，但怒吼声已经平缓了许多。

这是让我感动不止的时刻，之前经历的这段危机四伏的道路，给人留下深刻记忆。难怪很多人说经历过这条路，会对生和死的意义有更多的理解。半个小时车程之后，我们终于看到了波密，远远望去，小镇的灯光孤独零星，却又温情脉脉。

波密，波密

在波密，一早醒来，乳白色的晨雾盛满雪山的头顶，然后四下流溢的时候，雪山环抱的扎木小镇发出了快乐的呐喊，四个方向上的雪山，和四个方向上的晨雾，显得缥缈、虚无，却又无比真实。

波密一早醒来，那些雪光和近乎完美的风景，像少年时期孤独而闪烁的梦想，陡然在这里盛开和绽放。

如果多年来，我曾经在内心寻找过一个属于自己的小镇，那波密就是最好的选择：从这里任意一个方向望出去，都看得着白雪皑皑的雪山；茂密的森林从雪山脚下一直延伸到小镇的周围；巨大的冰川晶莹剔透，插入到明镜一样的湖水里；如同玉带一样缠绕在山脚下的帕隆藏布江，从小镇边潺缓而过……

那些雪光和风景，曾是自己少年时孤独而闪烁的梦想，所以波密让我心花怒放，并不足为奇。

一种说法，波密古称“博窝”，意为“祖先”的意思。不知道这样的说法，与西藏第一任赞普聂赤赞普生为波密人有没有关系。波密人生性开朗，奢爱饮酒，英武不凡。女子生性刚烈，与民国时湘西王陈渠珍依真实经历所著的《艽野尘梦》中那位奇异的藏家女子西原相似。

而男人擅长剑术，长短刀不离身，古风犹在。

这里除了藏族人外，还有居住在高山峡谷里的门巴、珞巴族人，还有未被正式认可成单独一族的僜人，他们有自己的语言，但没有文字，过去靠结绳记事。

早餐过后，见我离开时依依不舍的样子，司机桑旦用他那半生不熟的汉语介绍说，三四月份才是波密最美的时候，那时候桃花开了，四周高耸的雪山包围着村庄，桃花、油菜花和青稞把田地染成了红、黄、绿三种颜色，让人不知道要看眼前的哪一种颜色才好。

藏语中的“香巴拉”，传说中的人间天堂，会因蜂箱和花从这样具体的事物而形象生动起来。/ 杨舒 摄

瓦村和然乌

波密和然乌之间，简直是一条风景卓绝的画廊。公路两旁，一直是雪山、森林、溪流，有着无以形容的美。从扎木到松宗、玉普、米美、莫格，一直到瓦村和然乌。

一路上，雪山脚下，一些雪崩的痕迹非常明显，山石和足够硕大的树木上都结有厚厚的青苔，而清新湿润的空气中，树林在阳光下展开着鲜明的层次，囊括了青草绿、嫩叶黄、沙棘红的色彩。低矮的灌丛与直冲云天的高大云杉，以云雾缭绕的山峦为背景，密布在公路和河流的两岸。

村是瓦村，这里到处建着看上去年代久远的木头房子，屋顶反射着黑黝黝的光亮，村落里弥漫着浓郁的藏家气息。大大的木栅栏圈着田园，牛羊在外围吃草，想来，这样的地方应该是深受摄影人喜欢的。

然后是湖。

湖是然乌湖，在疾驰的越野车外，一汪湖水安详地镶嵌在天地之间，湖岸和山坡上长满了冷杉，和远处的雪山遥遥呼应。湖水宁静，如同少女丰腴的肌肤，哪怕有风，也吹不出一点点的皱纹。在中午垂直的阳光照射下，湖面甚至连山的倒影都不肯有了，只有湖自己。

最后是镇。

新建设起来的然乌小镇，几家提供食宿的旅馆聚集在公路两旁。进入其中一家，女主人好客地问我们吃不吃午饭，我们说只想喝点儿水，休息一会儿。她依然泡了茶，还拿出一盘松子，声明全部免费。

后院里，停着一辆糊满了泥巴的越野车，几个从内地来的年轻人，正在厨房里择菜做饭，看样子是自驾的旅客。

喝水，休息，吃松子的工夫，他们的饭菜就做好了，三男二女围坐一起，绿油油的当地蔬菜，香喷喷的饭，很有诱惑力。突然就觉得肚子饿了，开始越发地喜欢这个湖和这个镇子。我想如果可能，将来我会再次来到波密和然乌，不要太匆忙，要多住上一段时间。

由于我们的午餐定在八宿吃，休息片刻，继续赶路，从然乌镇向八宿进发的时候，我在车上翻看手中的旅行书，上面对然乌湖介绍说："第一次到然乌湖的人会有这种感觉，仿佛是瑞士阿尔卑斯山的雪峰、冰川和九寨沟的溪水的结合。"

这里的风景是独特的，用不着贴上其他地方的标签，更用不着那种东拉西扯的描述，我想。

"她的美只有她自己知道！"

听到我的嘀咕，桑旦好奇地看着我，问我怎么了。

然乌湖，我对这里的欢喜，不仅仅是风景的原因，因为很多欢喜，本身就没有来由。

夕阳的恩赐

车过然乌，转往八宿，转向沿途沉默的风景。离开然乌，从此离开了川藏公路上那些最美好绚丽的风景，离开了那些呈现生命般明亮的黄、绿、红，离开了色彩饱满、层次丰富的帕隆藏布江河谷丛林地带，也彻底离开了雅鲁藏布江大峡谷水汽通道的辐射。

然乌沟没有风景，从爬坡到半山开始，曾经伴随一路的彩色植被陡然消逝，再也找不到高大的树，只有褐色和赤色的岩石，还有枯黄的沙土。

翻越安久拉后到达八宿，吃过午饭，又继续前行，穿过隐身在峡谷深壑里的军事管制隧道怒江隧道和怒江桥，我们向业拉山口继续爬行，这里是川藏路上出名的“72拐”，当时的路况差到极致，“沙漠王”爬行了近两个小时，才翻山到另外一面的邦达草原。

邦达草原上，已黄枯一片，风吹草低的绿色风光不再，缓慢蠕动的羊群不再，奔驰的骏马不再，连村庄周围田地上的青稞也已经收割完毕。

但夕阳还是给了我另外的恩赐，蓝天倒影在河水里，清洁的河流像蓝色的血管在大地上铺开。村庄和滩涂都呈现着宁静而古朴的色调，远方的山体，黄亮一片，思维被这种通体的温暖色泽所引领，还有路经寺庙时，庙里传来的洪亮的钟声，僧人们的诵经声，和夕阳下的风景显得万分般配。

在左贡休息片刻，我们继续前行。太阳已经掉入了群山。只有东达山尖上，还留有一丁点儿阳光。东达山那时的路况极差，全是碎石，灰土窜起老高，看不清前后方的车辆，我们三辆车也把距离拉得老远。

爬行至东达山口，暮色将至，再车行不久，下山路还没走完，天就已经黑透，一次爬高又速降的过程，不知不觉持续了近两小时。

绕过一片村寨，桑旦说开始爬左贡过后的第二座山觉巴山了，道路越来越险，越来越窄，像是只容得下一辆车行驶。那时，觉巴山的险，在我看来，是完全可以与通脉天险那一段相提并论的，车灯前方，看得到不少地方的公路，是山岩上开凿出的一个通道而已，上下都是绝壁。桑旦放慢车速，也谨慎了许多。

几只野兔被车灯惊吓，蜷缩在公路边的石壁上，一动不动。月色加深了恐惧，让人觉得苍白寒冷起来。我在山路上尝试着看了一眼车窗外，万丈悬崖，一眼就能看到谷底。月下一线河水的影子，就像是一条长长的线虫，蜷缩在那里一动不动。我能感觉到自己四肢发麻、手脚出汗起来。

惊恐中，不知道又过了多长时间，终于辗转到了觉巴山口，向下山的路瞥了一眼，半山腰和河谷地带，出现了点点灯火，那些灯火也让人倒吸凉气，因为公路就像一根带子，在山体上来回曲折，仿佛悬浮在夜空中，我不停嘱咐着桑旦，下山时要把车子开得慢一点，再慢一点，惹得他哈哈大笑。

再次消耗掉半个小时后，我们才下山来到澜沧江畔所在的如美，已是深夜，行车不安全，我们决定夜宿，第二天早上再翻江那边的拉乌山。

一段惊心动魄的行程得以暂时的休止。

怒江山，川藏公路上有名的99道拐，像我体内所埋伏的一段蜿蜒、迂回不止的情结。 ／杨舒 摄

芒康美人

早上，我们很早从竹卡的旅馆起床，翻越拉乌山。过了山口，下到芒康时，天才刚刚亮起来。前方，我们就要折向西藏境内的最后一个县城盐井，走滇藏公路去往云南。而318国道则继续向东往四川境内的巴塘方向延伸。

芒康，滇、川藏公路的重镇，旧时茶马古道上最忙碌的驿站，桑旦东张西望了一阵，然后在一条并不怎么繁华的街道边，把车停了下来。桑旦招呼我下车，然后使劲儿敲击街边一家紧闭门窗的店铺。这里显然是他们相熟的店家，我们要在这里吃早饭，然后再继续前行。

使劲儿敲击，再加上吆喝。片刻过后，屋里响起了一位藏家女子的声音。桑旦大笑着用藏语和她说话，估计是开玩笑说她睡懒觉不起床的意思，实际上，时间还早得很。

又过了一会儿，女子打开店门，把我们让到了房内，然后开始生火，而她丈夫则取了铁皮水罐，去远处汲水。生火的原料，依然是早已经干燥的牦牛粪便，这是我在藏地早已熟悉的一种燃烧物。不一会儿，牛粪火旺了起来，屋内也渐渐变得暖和。男人汲水回来，和我们打了个招呼，就又骑着摩托车出门去了。那个女子开始洗脸、收拾屋子，又打好了酥油茶，装在茶壶里，放在炉火上煮着。

就着我们喝酥油茶的工夫，她在烙一种松软的面饼，烙饼时用的是劈柴，藏东南拥有茂密的森林，生活习惯上和卫藏地区已有很多不同。面饼与我们的烙饼相似，还在锅里烙时，香喷喷的味道就已从灶堂那边飘了过来。

强巴晋美拍拍我的肩膀，笑着问我，这个阿佳拉是不是很漂亮。

早在进屋时，第一眼里那女子就已让人觉得惊艳，只是没太好意思多看。说到这里，我又仔细端详了她几眼，还真是，在藏区见到过的貌美女子不少，最漂亮的那个，没想到会是在西藏之行即将结束的这天遇上。

我们的说笑惊动了阿佳拉，她回过头来，略带羞涩地向我们笑笑，拿来面饼，又为我们面前的杯子添满酥油茶。

吃过早饭，我们驱车到盐井，进入澜沧江峡谷不久，看到滇藏两地的界碑。再继续前行，就进入云南了。这已是我此行最后的西藏了，望着滚动的澜沧江水，心头一阵黯然。

川藏公路上，羞涩的藏家小妹留给路人一连串的惊讶。 / 杨舒 摄

另外的永胜小镇

从西藏进入云南，滇藏公路沿着汹涌的澜沧江在山涧徘徊。车行如水，道路无声无息，只有不时出现在山路上的马队还有跨江的索溜，提醒了我这里是茶马古道的一部分，我利用了现代交通工具“取巧”地完成了一次虔诚而又虚弱无比的朝圣之旅。

这个让人昏昏欲睡的枯燥中午，在肉身已经彻底疲惫不堪的情况下，一些偶尔冒出的事物让行程多了些新意，但是马队行走得很缓慢，马匹也显得很瘦弱，乌黑发亮的铁索上也没有看到两岸有人吊在上面飞身而过，所以缺少了冒险和刺激，万物慵懒。

桑旦终于坚持不住了，他无奈地减速，然后把车子在荒芜的公路边停下，下了车对着太阳生闷气，而我也丝毫没有办法，因为可以用来抵御睡意而且还算比较可口的橘子、口香糖，还有饮料等，早已被消耗一空。我只能干嚼一包从尼泊尔带过来的红茶，不清楚究竟是为了解渴，还是为了解困。桑旦没有咀嚼茶叶的习惯，显然不愿意这么干。

光生闷气是没有用的，结果只会把一辆崭新的汽车和两条汉子送下澜沧江。作为藏族人，桑旦相信天葬才会通达极乐，再说他老婆又是美女，深养在他拉萨的石头房子中，所以下水中龙宫的事情他更不愿意干。我只好信誓旦旦地对桑旦说，我决定硬着头皮进入前方的村庄寻找凉水或者纸烟，最不济的情况下会在地里给他撸一把烟叶子，因为我看到这里的阿公和阿婆都喜欢叼着大烟袋，应该有点儿希望。

就在我和桑旦前往一处村庄（也就是几户人家）的时候，公路边突然有一些火红的东西从灰暗稀疏的枝叶间探出了头脸。石榴！我心里一喜，指给桑旦看，桑旦停了车，这回他没有再嘀咕太阳和天气，而是打开车门飞快地跳下来，奔向那些火红的果实。

“疯狂的石榴树”，那一刻，我想起了云南的诗人海男，而石榴却成了桑旦和我车行路上的救星。

海男用石榴赋予了一部小说以诗意和幻想，正如这样的一刻，石榴树和树上所挂的火红的石榴，“疯狂”被赋予了歇斯底里以外的寓意。

我们用石榴赶走睡意后继续前行，不久，汽车进入云南第一个较大一些的城镇——佛山镇，竟然看到一些招牌上有着“永胜”的字样，这是在海男文字中出现频率较高的一个地名。虽然我知道那个“永胜”应该是靠近金沙江边，我每次前往丽江时与之不远的永胜县城，而不是眼前的这座小镇，可即便如此，还是让人心头一震。

我是在少年时代看过海男的小说《蝴蝶》之后开始留意她的诗歌和小说，转而自己也迷恋上文字，也开始写点儿东西的。“正是从这里开始，有了一个转弯”，引用她的诗句可以这样讲。或者，她的文字像蝴蝶一样带来了迷局、迷途、谜语和密码；就像此时疯狂的石榴树一样，赋予了我在藏地旅行路上的鲜活、欢喜，以及甜蜜与酸涩。

汹涌的澜沧江在横断山中穿行，绿意盎然的村落与人家在殷红的山体中陡然惊现，我从这里再次进 入滇西北，进入我的秘密之乡。

悄无声息地升空，和飞鸟相似

想象它柔婉的刀锋，绽开山川内的音乐

时间之壳，渐渐泯灭……

无法遗忘像在暗夜里闪烁的光滟

还有一双黑亮的瞳子，瞳子浮起冉冉的雾

稻城：

雪山仿佛

沿着蜿蜒动人的河曲，我来到了稻城，来到了念青日松贡布神山。

它们一定是我身体结构中的某种成分，如同血液，如同细胞，如同骨骼。

它们一定是上帝为我们人类创造的生命必需品，如同阳光，如同空气，如同水。

稻城在路上

当我翻开地图，在上面找到稻城，也就找到了多年前所设计的那条旅行线路的起始：川西，稻城。是的，起始，如今已成结束；结束，如今亦是一个新的起始。

2005-10-28

2015年深秋的夜晚，从芒康盐井再到云南梅里和滇西北后，我坐在中甸的客栈里，就着昏暗的灯光一边翻看地图，一边在本子上用铅笔画着一些记号，它们是这样的一条线路：经过金沙江的马蹄形拐弯，然后进入四川，穿过乡城、稻城到亚丁，然后再经川藏线上的理塘、新都桥、康定、泸定到成都，再返回北京。

稻城在路上。

川西的秋色，黄金般珍贵而闪亮，但比起西藏的波密、然乌以及滇西北，出现的时间还要稍早一些。在这个同样有着“香巴拉”之称的地方，我知道自己已经错过了最好的季节。所以到达稻城时，沿途的森林已经透露出接近干枯衰退的红，而不再闪闪发亮、充满活力，不再是最具感染力的绚丽多姿的状态。

我并不失望，我不断告诉自己，稻城就在路上，在我经过她的不同季节里。

我搭乘的是一辆从中甸返回稻城的面包车。司机是稻城人，他家就在离稻城县城不远的桑堆镇上，他除了开车，还开了一个很大的旅馆。他再一次让我感受到了藏族人的朴实，一路上都在给我讲解着稻城和亚丁的情况。当他得知我从西藏回来，在高海拔地区已经比较适应之后，就和我相约，要我从亚丁回来后带我去海子山。他说的意思不是在经过海子山的公路上开车观赏一下而已，而是要驱车深入到海子山的腹地。他说海子山里有一千多个大大小小的海子，有的大海子水面上飞鸟成群，湖水里游鱼穿梭。

他说得异常真诚。虽然我早已坦言，此行我未必真的能跟着他一同前去，然而他并不怎么介意，只是反复絮叨着值得一去。

我对自己的旅途一般无过多的物质要求，只需实现那些我在白纸上所勾勒出来的简单构想就行。而总有这样一些遇到的人和事，他们微不足道，但要为平实无奇的旅途添加过往的细节。

在从滇西北到稻城的路上，山峦已经披上了薄雪，冷风吹过来呼呼作响。虽然我已经开始为寒冷发愁，但我还是在一遍一遍地说服自己：稻城就在路上，就在我到来的每一瞬间里，所以，我来得还不算太迟。

稻城在路上，在飒飒的秋风下，在苍劲的树林间，在我举目所看到的每一片风景中。

瓦蓝的天空并不只存在于头顶，还漂浮在湖面上，水波中，还存在于那些收藏秘密的湖弯深处。

燃烧的红草

一生中会有多少火红的热情？因为一个季节，因为一道山冈、一棵树，还是因为一片蓝天与蓝天上的白云，还是因为一个人，一些渴望，或者干脆什么都不为，只是因为自己。

红草在燃烧。于是燃烧的红草滩，成了摄影家们追逐的天堂。这块位于桑堆镇的几百平米见方的草地，成了镜框中的风景、报刊或杂志的封页，还有稻城的形象代言“人”。成了当地居民向每位游客收取十块钱拍摄费用的机会。

一簇簇红草，每年还引来了无数人的赞美。有人会竭尽全力去描绘这种色彩，描绘投入在红草地里的斑斓色块，天的蓝、云的白、水的清澈、树的黄，还有远山和树影交织下的纯粹阴影。

“天堂的颜色在稻城”。每年，草色绚烂的时候，稻城开始成为现实中的天堂。红草在燃烧，在每年仅有的那一小段日子里，用尽全身的力量在沸腾燃烧，把追逐天堂和梦想的人带到天堂和梦想之中，哪怕只是一些天堂和梦想的影子。

如同诗人雁子说的一样：

我常常想，它们一定是我身体结构中的某种成分，

如同血液，如同细胞，如同骨骼。

我常常想，它们一定是上帝为我们人类创造的生命必需品，

如同阳光，如同空气，如同水。

我分不清这颜色，代表了空气、血液，还是水。我甚至不知道，这是否就是我生命的必需品，或者就是我自己的一种成分。

雪山仿佛

蓝色的阳光，透过已经接近黄枯的树顶上的枝蔓，将斑驳的影子挥洒在林间的碎石路面上。静悄悄的山林中，我独自一人在穿行。让我感觉到自己仿佛一匹兽，一匹小小的兽，孤独行走，而又心思密布。

2005-10-30

亚丁，三座著名的雪山——仙乃日、夏诺多吉和央迈勇，被合称为“念青贡嘎日松贡布”，意为“终年积雪不化的三座护法神山圣地”，这是藏传佛教里著名的神山。相传仙乃日为观世音菩萨，央迈勇为文殊菩萨，夏诺多吉为金刚手菩萨的化身，这里也是这三位神的道场。

远远看去，北峰仙乃日像一尊大佛，傲然端坐在莲花上。南峰央迈勇像一个少女，娴静端庄，冰清玉洁。东峰夏诺多吉像是少年，雄健刚毅，神采奕奕。三座洁白的雪峰，峭拔，像利剑直插云霄。三座雪山和周围的峭壁、海子、森林、草场、溪流，营造出了一片静谧、安详的世外之境，难怪美国植物学家、探险家约瑟夫·洛克曾惊叹，拥有金字塔状的央迈勇，是世界上最美丽的雪山。

从亚丁村上冲古寺，谢绝了马队的建议和服务，我选择了徒步。拿出地图，找到一条隐于山林中的小路。山林静悄悄，人也走得很慢。一路走，一路停下来在溪流边歇息。背包里的食品和水都很充足。

下午三点上到冲古寺，一个不大的寺院。可以远远看到身态俊秀挺拔的夏诺多吉。本来计划当晚住在这里，再往前走，山中已经只有洛绒牛场一个地方可以住宿，而且不许私自搭建帐篷。

位于仙乃日山下的珍珠海，和洛绒牛场不在同一条线上，问返回冲古寺的游人，前往需要多长时间，众人回答要三四十分钟或一个小时，要看体力情况。

喝水，吃东西，算是午餐。填补完肚子，抬脚走路，开始计时。一口气上到珍珠海，看了看时间，九分钟，于是心中有了底。

海子。树林。

仙乃日就在身边巍然屹立，需要仰视才能看到全貌。念青贡嘎日松贡布有共同的特点，无论天气多么晴朗，上午才是观望和拍照的最好时间，到了午后，便开始有浓云笼罩，这时已经错过了拍照的最佳时刻，干脆就坐在湖边的树林里，向神湖投去敬仰的一瞥。

回到冲古寺，朝觐完毕，四点，我从冲古寺出发前往洛绒牛场，被热心的人劝诫，说天黑前已经无法赶到，这一段路要好几个小时的马程，步行起码要四五个小时的时间。此时已经快要天黑，想到要第二天一早看央迈勇日出，便毅然前往。好在管理局的人已经下班，否则他们会阻止我只身进山。

阳光追赶着山坡，或者说，是山坡追赶着阳光。瓦蓝的天空并不是浮现在头顶上，而是飘荡在河面上。蓝，令人心碎的蓝，在小河的拐弯处不小心洒落了一地。弯弯曲曲的河道，将开阔而有些枯萎的草地分割成了几个部分。远处的森林因为光线暗淡已经模糊起来。

马道。一段生命中不知所重的时间，只用了一小时零七分，我就上到了洛绒牛场，天还没有黑，几乎不敢相信自己有那么快。路上稍微花去了一些时间拍照，除此之外，没有任何歇息。在即将天黑，已没有选择的时候，能量就这样被迅速激发。也可能生命中总有这样的一些时间，已经让你不再担心所谓生死，不再知道所谓疾苦和劳累，失去了肉身的感触。

当晚，在洛绒牛场得到了很多人的认可和尊重，他们怀疑我是个“专业”的登山者。路上遇见过我的藏族大婶，建议我第二天去转山，说既然已千里迢迢来到了“念青日松贡布”，有这么强的体魄，就一定要转转山。她坚信我只需要四个小时就可以走完全程。而转山，在她心目中是一件功德无量的事情。

佛经中有载：“具有佛缘的众生敬奉朝拜三怙主雪山，能实现今生来世之事业。转三次三怙主雪山，能消除屠杀八条人马的罪恶，转一次相当于念一亿嘛呢的功德。藏历鸡年朝拜，功德增倍。”

倒不想来替自己赎罪，我的目的显然也并不为一亿嘛呢的功德而去。倘若神灵冥冥中有知，她便会以柔软心肠，看到大风中我那跌落在雪地上的潦草身影吧。当晚，宿在牛场的帐篷里，一夜都在被冷湿的被窝和不停怒吼的狂风折磨，早上四点半就忍不住爬了起来，这时才发现冷湿的被面上，竟然结上了一层厚厚的冰渍。

一座雪山在她最美的时刻

早上五点，出发去看央迈勇。打着手灯，沿着密林中的小路前行，微暗的天色渐渐显露出来，茂密的林木也慢慢变成了一些低矮的灌木丛。

央迈勇，这座曾被约瑟夫·洛克称为是“世界上最美的雪山”，在夜色和一线微弱的天光中，露出了模糊的身影。1928年6月，洛克在从云南向川西的贡嘎岭山区进发时，“云层骤开，显现出雷电光闪的守护者的真面目——那是一座裁剪过的金字塔”，初闯入这里的他，发出了惊讶的赞叹。

除了心情，我的感慨或许和洛克并没有太大的不同吧。天逐渐亮了起来，风吹着远方的山林哗哗作响，在神山之上，没有害怕和恐惧，当我穿过一片玛尼堆和风马旗，有着金字塔形状的雪山山体，就巍然屹立在面前。于是，我找了附近的一个小山包坐下，静等着日出时的圣景。

起始时，山景一直不曾变幻，但突然有一刻，雪山的颜色陡然开始暗淡并发红起来。接着而来的，是飘荡在雪山周围的云彩，像是被一把火点燃，并发出浓浓的火光。这样的时间持续不到几十秒钟，接着云彩又开始发黄发亮，再几十秒钟时间过后，几缕阳光透过云彩，投射在雪白的山体上，显现出特别的几道光亮。这时，雪山也变得明亮起来，那些阳光所直射到的地方，皑皑白雪，折射出耀眼刺目的光芒，雪山背后的天幕也变得更加透明和蔚蓝。而随着黄亮色的加剧，一分多钟后，雪山逐渐还原成晶莹纯粹的白色，而云彩逐渐散去，天空的蓝色则不断加深，由蔚蓝变为深蓝，最后成为了深邃的墨蓝色。

一座美丽的雪山，就在短短几分钟之内，完成了她从显影到精彩亮相的全部过程。直至把她美丽的本体显露无遗，连岩石和冰坡间细小的裂缝都看得清清楚楚。

雪山圣景，在旅行者的眼睛里，不过是一抹让人眩晕的深蓝，一种不易让人见到的美丽而已，只是当我历经漫长和曲折来到这里，风景已经附加了更多自身感受，它们因此而生动、鲜活。

一座美丽雪被云霞点燃的时时刻，也是我血液开始沸腾的时刻。

是不是真的爱你，我已如此心碎

是不是真的爱你，我已如此心碎。泪水汹涌而下的时候，迅速在脸边冻结成了细小的冰凌，是那么冷、那么纯粹、那么晶莹；汗水从额头上流出来的时候，就在额头和头发上快速地凝固，凝固哦，就像你是那么难以被融化和打动。

风吹起来的时候，雪粒就从冰坡和雪面上扬起来，刮在脸上生疼。衣帽被狂风搅乱，连正常的呼吸都被狂风搅乱，窒息得仿佛就要在此长眠下去。缓慢走过那些还没有完全僵硬的雪地，每一次陡然的陷落，就像是为了下一次不再重新抬起脚步。或者到达坚硬的冰坡上的时候，冰冷的心脏一旦跌落，寂寞的灵魂就会停顿在那里，孤独地在原地闪光。

与生俱来，我尝试着一步一步走过来。去接近你，去说我爱你，去抚摸你耳畔卷起的长发，还有清瘦俊秀的脸颊，还有眼睑上那些快要落下的泪花。是不是真的爱你，我已如此心碎，已如此浑然不觉。走近你，轻轻抚摸着你光洁的皮肤，还有心思细小的纹路，沿着这些纹路，有多少爱怜，被隐藏得已经没有了消息，没有了蛛丝马迹。

走了那么远，那么久，我回到了你这里。

走过草原，走过湖泊，走过森林，走过起伏不止的白茫茫的山峦，走过孤独和悲痛，走过意志的绝望和决裂，走过了黑夜和死亡，走过了如雪野一般的明净和开阔，走过了整个秋天将要过完的季节，走到孤零零的阳光和静悄悄的白雪都在此停驻的时候。

我们之间，到底还有多远的距离？这么远的距离，是要我继续行走，还是回头放弃？

是不是真的爱你，我已如此心碎。孤零零的阳光和静悄悄的白雪，在大风过后落下我潦草的身影，如落下一幅力气将尽的帷幕。我是不是应该就此打住，就此结束，不要让炙热的眼泪继续滴落在柔软的雪地上，造成一种更深更深的伤害？

经过崖口，在与雪山触手可及的地方，我在同时经历临近与遥远。

我是你的孩子，或者做你手指尖

捡回附着在沙子上的黄金

我是你走在天堂路上的同伴，还有信徒

一个厌世者，学会了如此忍受

如此，把迷失和过错弥补在虔诚的血液上

巴丹吉林：浩瀚沙海的柔软潮汐

沙子在颤动，我听到雷鸣般的声响穿过沙山，像穿过我的身躯，呼啸在我眼前跋涉过的沙漠之途上。

这就是目的，这就是我要去的地方：浩瀚的沙海、柔和的潮汐，驼群在沙山上缓慢前行，蹄下扬起一团沙子，如同呼着一串粗气。

那里是纯粹得连植物都少有的地方，却又有流动不息、旺盛而热烈的生命力。

生命之舟，覆于水。

那里的水，干涸的沙漠中陡然闪现的一汪海子，如同地球表面所剩下的最后一滴蓝颜色的泪。

追沙的起始

易逝的光阴，如同摆钟上的时间，踌躇着进入了2006年，我先是在北京的沙尘暴天气里想到了巴丹吉林沙漠，接着又意外地从网络上看到一组别人摄于那里的照片：浩瀚的沙海，闪动着黄金一样的光亮和大海般柔和的潮汐；静穆在沙山上的驼队和人影，像是一组神秘的符号；陡然间惊现的一汪海子，如同地球表面所剩下的最后一滴蓝颜色的泪……那些照片一下子就搅动了我的五脏六腑。

关于时间，关于沙漠，一段彼时的记忆又不由自主地回到眼前。那还是2000年，在新疆之行中，我和么么茶首次经过巴丹吉林。后来在敦煌，我们沿着流动的沙脊爬到过鸣沙山的山顶。夕阳西下的时候，金色的沙漠带着优美饱满的曲线，一直绵延伸展到看不到尽头的远方。高低起伏的沙丘，让夕阳西下时的观赏者意乱神迷。它浑然天成，美得无与伦比。

“驼队踩出的清晰的脚印，如同一个隐喻，占据了你在鸣沙山顶遥望远方时的幻想。那些天涯之舟，行进在通向天边的道路上；一个徒步在沙漠当中的人，他已经征服了好几重沙丘，在身后留下两行稀疏但并不孤单的脚印。他要到哪里去，为什么要沿着沙漠行走？

你喜欢这些风景里人和事物所具有的勇气。从沙漠另一边吹过来的风，扬起沙子，在鸣沙山上缓慢流动。你知道好友么么茶，此刻正在另外一座沙山上。你看到他在滑沙。在风中……在沙子飞扬的时候，在耳畔传来雷鸣般的声音当中，这绵延细碎的黄沙究竟会向人窃窃私语些什么？

那样一片寂静的沙漠上，应该有无数的沙子像花粉一样，听到了你心灵开放的声音。它们应该感知了你年轻的爱情之根，在绵绵细沙里蔓延、密布，像暗暗的雪水，消隐在大地之中，在一眼望不到边际的沙山的边缘……”

这是那次新疆之旅中有关沙漠的文字，风卷残云，记忆如今只剩碎片。特别是在经历过2005年那次漫长的藏地之行后，我的内心充满落寞和枯萎。“每当我想你一次，上天就会落下一粒沙子，于是就有了撒哈拉。”三毛对荷西所讲的情话，此时促使我产生了一种如同作恶后将要从善的愿望——种树，去西边的沙漠上种下一片树林——如果真如三毛所讲，我要种多少树，才能弥补因为思念而产生的那么多的罪恶？

整个2006年的春天，在三里屯西六街，数次经过，但我最后都无力再去回望那座已经在我目光里熟悉不过的办公楼。那段时间，北京一直都在刮着让人生厌的沙尘暴，落寞中回到家，我会在深夜端坐于电脑前，听窗外的风，感受漫天的尘土在混沌一片的大气中沉淀、沉淀。

当时，随手翻开的报纸和打开的电视上，所有的舆论都把矛头指向了西部的沙漠。这让我懊恼且疑惑不已，的确，沙尘暴是肮脏令人生厌的，可被他们指称为沙尘源头的那些地方，却仿佛并不这样。因为我明白，在西部真正的沙漠上，沙是无比干净的，即使这些沙子被风扬起。可见生活和人的感情一样，到处都充满着深深的误会。

看着窗外肆虐的沙尘和脏脏的天空，感觉让人透不过气来，我一边抱怨着窗外的风沙，一边拿地图册翻看，突然间，一种想要逆风飞扬、逆风而行，与大多数人背道而驰的打算悄悄冒了出来。

独行。内蒙古。阿拉善。大沙漠。巴丹吉林。

在不断地盘算中，那些词汇一个一个跳了出来。于是，我到网络上去搜索信息，这时，一个令人惊叹的网页堵住了我的呼吸。这个网页的名字叫“地球表面的图画”，讲述了十八位网友2005年“五一”长假期间去巴丹吉林的经历，网页中留下了许多让人叹为观止的照片，还有一份较为详细的出行记录，包括在哪里找到向导，还有日程和路线安排等。

我决定抛开种种烦恼，去巴丹吉林。

别人拍摄的巴丹吉林沙漠风景，直接诱发了我前往那里的冲动。 / 芙蓉千朵、Way等人 摄

光与影，交错的远方与现实

“地球表面的图画”。在沙漠之中，躺于一座高大的沙山，仰望宇宙高空，想起这个形容，便会觉得无比贴切。

沙漠就是一幅天然画板，只要与人复杂的情感一一相对，这些沉寂而抽象的图案，便无比形象生动。从一处沙山能看出一个自己念念不忘的美丽倩影，从一汪水泊能看出一双曾经熟悉的眼眸。就像地球表面上的图画，是的，而且是裸露着的，各种各样的精彩图绘。

2006-05-04

每次结束后，就又回到了出发之处，而追忆，才是最远最长的旅行。

2000年，我和么么茶去新疆的路上，我们坐在奔驰的列车上，车窗外，东北方向传来一片“沙”气腾腾、连绵远方的黄褐色沙山，那是我平生第一次见到沙漠，那便是巴丹吉林沙漠的西南边缘，从内蒙古阿拉善右旗向甘肃省境内延伸。

我还记得自己看到巴丹吉林沙漠第一眼时的情景。那个舒缓的生日之晨，几个从内地回新疆的旅客，见我和么么茶望着窗外的沙漠抑制不住兴奋，指着沙漠笑着说，如果真把你们扔在这样的地方，你们还高兴得起来吗?

绵绵黄沙，一望无际，像一条黄色的纱布从车窗上横陈过来，把车窗分成上下两块颜色分明的部分。上半部分呈现着天空的瓦蓝色，而下半部分则绵延枯黄。我惊呆了，痴迷了，趴在车窗上狂喜不止，分不清那种风景到底是壮美，还是残酷。火车逐渐驶离这片地域走远了，我仍沉浸于其中，无法明白自己先前的感受。

之后，到了2003年，农历正月初六，我从新疆返回北京，再次经兰新铁路走了一趟河西走廊。那几天，西北普降大雪，厚厚的白雪将这片沙漠掩埋了，可吹过来的肆虐的风，打得列车上的玻璃震动不止。列车后来险些因大风而耽搁。几天后，我听闻从新疆开到兰州途中的几趟列车，因躲避大风在哈密和鄯善一带停靠了好几天，真是好大的风!

从2000年初见巴丹吉林沙漠，到2006年进入巴丹吉林沙漠，六年多的时间，不是太长，也不算太短，可见我与这片沙漠确实存在着很奇妙的缘分。

清晨，踩着沙丘，我跟着当地的向导深一脚浅一脚地前行，能看到自己远远倒映在沙地上的身影。脚底下，虫豸不时快速地从细沙中钻出，又快速跑远。黄褐色的蜥蜴，经常在我们快要走近的时候，才带着幽幽的眼神急奔而走，留下一串妙不可言的脚印。

好不容易爬到一处高大的沙山，站在那里环顾四周，高高低低的沙丘，被精彩的光晕所覆盖，像虎皮上的斑斓，像火烧云中鱼鳞的形状，一直绵延到天边。天和地，都沉浸在透明闪亮的金黄色里。

我在沙地里写了一句只有自己才明白意思的字符后，便只有如鲠在喉的感慨。躺在沙地上，风吹动纯净细小的沙子，在耳边发出窸窸窣窣的声响。

长时间的沉默。

午后，我和向导坐在相隔不远的沙山上相顾无语，也许是沙漠中的行走让人太过疲惫，也许是他也在体验这种沙漠深处才有的空阔和静寂，我们将自己交付于静穆的沙丘，光和影则在不远处交相辉映。魔幻般的光与影，让我在面对巴丹吉林时几乎无从表达。

一棵小树伫立在风 沙的世界当中，孑 然一身，如同我许 多年来身不由己地 远行在不同方向的道路上。

充满魅力的光影、沉寂抽象的图案， 与复杂的心情一一对应时，便无比生动起来。

“那达慕”之夜

离开沙漠前夜，经历了一个令人难忘的“那达慕”之夜——跟着向导去当地的牧民家吃肉喝酒。

肉是蒙古族人家里煮的滑嫩的羊肉，清香而不膻腥，大块大块地吃。酒是沙漠上人们喜欢喝的那种浓烈的白酒，大碗大碗地喝。欢歌笑语声中，看着热情而陌生的一张张面孔，内心稍许不安，又莫名兴奋。

其实，大大方方地敞开喝醉一次，也是难得的。这样的夜晚，应该是值得大醉的。

但第二天要早起赶路，只好收起这怪怪的想法，作罢。

2006-05-06

说了一声晚上要去吃肉喝酒，向导就用摩托车把我载到了一个不知道名字的地方。沿着公路，再从公路往沙漠方向拐，然后看到几棵高大的胡杨树，树旁立着个小牌子，上面写着“牧家游”三个字，提示我们要去的地方到了。

主人家除了两座大蒙古包，还盖有一座小巧精致的砖房，看来是专门用来接待客人的地方。从这排小砖房望出去，背后不远处，就是连绵起伏的大沙丘。几排胡杨树，一个池塘，还有一片低矮的沙棘林，把他家和沙漠简单地区分开了。

屋后，沙土垒成的矮墙里，圈着一大群羊。晚宴的压轴大餐，就是这群羊中的一只，它被现场指定和屠宰。主人介绍，在蒙古族人家，宰羊和分解羊肉，有着严谨的一套工序，讲究快速，这样羊肉才能保持鲜嫩。所以宰杀是在几分钟内搞定的，大块的羊肉，用盐湖里的卤水清炖，不放置任何其他调料，可味道远要比我们平时所吃到的羊肉香嫩可口。

这样的羊肉，才算得上是沙漠人家的羊肉吧！

屋内一张长方形大桌上，早已放置好了不锈钢盘子和其他餐具，盛有干果、奶豆腐、炒米等点心，还有奶茶和酸奶。还有酒。这是阿拉善当地产的白酒，几大箱，堆放在屋角的一张小方桌上。

落座片刻，奶茶刚刚过去，菜便上了桌。开始时多是些蒙古族特色食品，如羊血灌肠、肥羊尾等等，还有一些沙漠里出产的东西，有沙葱、沙芥，还有许多不知名的野菜。随即，一只只酒碗便拎在了手上，俨然不分男女老幼，主人最先开始敬酒，酒便如白开水一样纷纷倒进了嘴里。

他们真能喝酒，心里犯起嘀咕。

酒过数巡，女人们纷纷起席唱起了歌。歌自然首先唱给远方的朋友，歌声缭绕，只听得向导催促说，歌声不断，你便得喝酒不断，这是蒙古族人的习俗。不敢坏了人家规矩，于是一碗酒下肚。那边人家还在唱，这边已有人把酒又满了起来。向导悄悄提示：“喝慢点，每个唱歌的人，你只需要喝够一碗就好了。”原来如此，看来这里惊世骇俗的酒规，也有宽容柔婉的一面。后面没有再犯错误，有人唱歌，就拿起酒碗来慢慢啜饮，等一曲歌毕，再大口吞下。

大碗喝酒，最是在宴席开始的时候，等到大盘羊肉上桌，已经有人因为豪迈和馋酒而醉倒在席上。大家并不在意，只是喝酒变得随意了一些，女人们继续跳舞唱歌，男人们则更多吃肉，喝酒变得温柔了起来。

吃肉也讲究规矩，主人拿刀割下第一块，双手奉上，说是敬献给远方的朋友，要双手接过来吃掉。后面吃肉就随意了一些，也可以自己割自己吃，但割肉时，刀口要向着自己的方向，不能朝向外面，似乎许多善用刀具的民族吃肉时都这样。

屋外，有人在空旷的沙地上堆放了胡杨木头，不一会儿，熊熊篝火燃起，火苗蹿起老高。众人纷纷离席，吆喝着去火堆边跳舞唱歌去了。大家手挽手，围着火堆，火光映红一张张充满酒意的脸庞。

火焰烘烤微醉的人群，气氛浓烈。向导开玩笑说，这真是一个沙漠的“那达慕”之夜（那达慕，蒙语中“娱乐”“游戏”的意思，每年这里都会有正式隆重的“那达慕大会”），要不是第二天早上要早起赶一天只有一趟的班车，我真想在这沙漠边缘的蒙古包里住上一晚。

之后，向导和他的朋友们，骑着摩托车送我回吉兰泰。起始时，向导单位的头儿，这次活动的组织者，不同意我离去，说是希望远方的客人留下来，被我婉拒。

行至半路，头儿的吉普车追了上来，下来一位女士，硬是把我从向导朋友的摩托车上撵了下来，非把我挤进了那辆美女扎堆的吉普车上。

美女们齐说，今晚从远方来的朋友，酒没有喝好，我们不高兴。

我忙推说，自己已经醉了。

重返巴丹吉林

时隔一年，再次乘火车到银川，然后转汽车到阿拉善左旗，再转车到右旗的雅布赖镇——我再次来到了巴丹吉林。这完全是一次超出计划的出行，起因是朋友欧阳瑾得知我曾经来过这里后，5月中旬时突然找到我，要我带他和另一朋友一起前往，我竟鬼使神差般答应。

这是一个可以预见的艰辛异常的旅程，时间到了5月底6月初，要在这样的季节里冒着烈日徒步穿越这片沙漠核心地带，走完其中最美的八个海子和最高大的沙山，明知会苦不堪言，甚至非常凶险，然而我还是答应了下来，并把这份可以预见的痛苦与疲惫，归为大地给予的馈赠。

2007-05-27

陶家。这是一户沙漠人家，是我们深入沙漠后短暂栖身的居处，也是再次出发的前站。陶家深居巴丹吉林沙漠中，离最近的小镇雅布赖约七十公里。我们从银川一路辗转到这个雅布赖之后，被一辆由老式吉普车改装成的“沙漠越野王”带到了这里。这是真正意义上的越野，一路上汽车都在高低起伏的沙漠上颠簸，除了依据大大小小无数个沙山所判断出来的方向外，没有任何确定性的路标。我很惊异他们是怎么判断道路和方向的，陶积福大叔告诉我们："巴丹吉林所有的沙山，方向都一个样，因为这里每年大部分的时间都只刮西北风，风吹沙动，形成一条条南北向的沙脊，而且西坡缓东坡陡。"我们这才恍然大悟。

汽车在沙山上迂回前行，途中要翻越雅布赖山，其实在视觉上就是沙漠当中一片壮丽的赤色峡谷。汽车在峡谷里奔驰，有点像是在澳大利亚或是美国西部的丹霞地貌里一样，在这里，我们偶遇了珍贵的药材锁阳和苁蓉，挖出来并不困难，我们用双手刨，不久就有了很大的一捆。而后，继续前行，黄昏，前方一处两三百米的高大沙山脚下，陡然看到了几棵高大的白杨树傲然挺拔在那里，一座小小的砖房提醒我们，陶家到了。

陶家是巴丹吉林沙漠腹地这个方向上距离外界最近的人家，陶积福的二儿子明娃子是我们提前在电话里就邀请好了的向导。由于他不肯在这个季节与我们一起徒步深入沙漠，得骑着自家的骆驼带领我们前往，所以从陶家出发前，我们得等他先找回自家的骆驼才行。明娃子骑着摩托车去找骆驼的时候，我们在陶家找不到事情可干，除了吃饭、睡觉。这里是有电的，还有电灯和电视，但那是陶家用自制的太阳能板和风力发电机发出来的电，不知道是设置太过粗糙，还是蓄电瓶的能量有限。总之，开灯或是看电视半个小时后电就用完了。手机在这里是完全没有信号的，陶家的电话是一种在高高的沙山顶上架设了天线的类似于卫星的东西——没有了电，一样无法与外界联络。

让人不习惯的除了品种有限的食物，几乎完全空白的娱乐消遣外，还有寂寞。从陶家人嘴里讲出来的乡邻生活，离他家最近的也在四十公里以外，邻居间的串门，每年就那么一两次。陶积福的大儿子在右旗工作，媳妇生孩子了，陶积福的老伴去那里照顾孙儿去了，近半年来，家里只有明娃子和陶积福两个大男人在。除人、骆驼和羊之外，陶家还有一只大花猫算是活物，但在这个沙漠人家里，猫也没有老鼠可捉，倒是经常捕到野兔。我们时常看着这个大猫，顺着柔和的沙山不知道要跑到什么地方去，留下串串梅花一样的印迹。当我们几个人默默无言地顺着猫的脚印来到附近的沙山上时，环顾四周，茫茫沙海，让人有一种与世隔绝的感觉。还好，很快我们都能够适应下来。

白日里，陶家院外的那几株高大的白杨便成了我们观赏和揣摩的对象。这些白杨的粗细一个人还环抱不过来，起码生长了十多年了，它们能长得这么高大，这么生机盎然，意味着这里起码是有充足水源的。陶家的水井就在白杨旁边，揭开井盖朝下面望，井水距离地面并不太深。陶积福告诉我们，巴丹吉林地底下从来就不缺少水，他们这样生活在这片沙漠里的人，随便找个地方，挖下去不超过三尺，都可以找到水。巴丹吉林沙漠之中分布着大大小小数百个海子，便是因为如此。这也让巴丹吉林成为和罗布泊那种“死亡之海”截然不同的沙漠，其间有水，有人家，还有羊群和驼群。这样充满生命迹象的沙漠，而且是流动性的大沙漠，沙山平均高度与起伏度还是世界上最大的，的确让人称奇。

找了两天，明娃子骑车跑了几百公里，终于找回了自己家的驼群。随着那些体态茁壮、眼睛中冒着温顺光泽的大家伙被拢到驼圈内，这也意味着我们将要开始深入沙漠的行程。之后，我们便将连续数日，与这些庞然大物在沙漠上赛跑。

神情美丽而忧伤的母骆驼，它那又长又弯的睫毛，要长于夜，弯过水。

驼群和白杨成了巴丹吉林沙漠腹地人家陶积福家门前最显眼的标志。陶家这小小的栖身之处，连同我一起，便是被这些高大的沙山所环抱。

走到天边去

骆驼走到哪里，我们就跟到哪里。

要命的是开始时，我们还能跟得上甚至超越那两只摇摇摆摆的大家伙，而后来，我们发现自己已经只能远远跟在后面了，跟到天边，然后眼望着它驮着向导走失。

天边，大体是指视线尽头目力所及的距离，大约十公里左右，每天我们走完五六个这样的距离，一天的行程，基本就告一段落了。明娃子这样说。

大半天时间下来，经过五六个天边的距离后，我们下午到了哈斯莫合家。嘴上虽然喊着过瘾刺激，可实际上，心里不是不知道，这异常艰辛的跋涉之旅，才刚刚开始第一天。而上午，就在翻越快到哈斯莫合家的那座巨大的沙山时，我的右腿就已剧烈地抽筋了。

虽然安全上，我们已经考虑得相对周全。向导明娃子骑骆驼，另外带了一匹备用骆驼，以备紧急之需，但我们没有谁愿意上去骑行。此时的气温，已经升得很高。走前陶积福说，骆驼在掉毛后，连它们都不愿意再长距离行走沙漠了，虽然是个玩笑，但也不无说明，这的确已不是徒步巴丹吉林的好时间。

陶积福认定我们不能坚持下来，甚至会在半日后就放弃。“实在不行了，要随时打转回来！”临行时，他还特意向明娃子交代。

我们铆足了劲，暗暗发誓，一定要走完全程。

哈斯莫合一家人都已转到夏季牧场去了，听说那里有一片湖，湖边有丰美的草场。家门已经上了锁。我们是在明娃子的带领下跳墙而入的，这晚，我们躲过了沙地上面的露宿之苦。

一群不速之客，夜晚就睡在哈家的土炕上，晚上还在他家厨房里生火做饭，喝了他家的烧酒。吃了，喝了，走时留了两百块钱，用酒瓶压好。明娃子说只要不浪费，一点儿问题也没有，甚至连钱都不需要。

但我们决定留下一点钱，以表达我们的感激。

晚峰，毕鲁图

在陶家看到的美国《国家地理》杂志说，巴丹吉林的毕鲁图是世界上相对高度最高的沙山，从山顶到山脚，垂直高差五百多米。

攀爬这座沙山是在我们徒步的第二日下午。无风，骄阳仿佛要把人晒干。我们跟着骆驼行走了三十多公里后来到音德日图，决定当日下午就攀爬毕鲁图。为了节省时间和体力，我们没有前往小海子，那里有村长家，可以午休和吃饭。午餐是在音德日图边的大树下进行的，其实就是背包里的快餐面，由于一路走过来太累太渴，吃完一包，再也无法下咽，使得我们对下午的攀爬行动忧心忡忡。

音德日图是一个咸水海子，但据说在湖的中央有一个磨盘大小的石头，石头上有很多细小的眼孔，甘甜、清冽的泉水就从眼孔里翻涌出来，四散落下，所以也叫磨盘泉。这个传奇被向导明娃子证实，他曾经数次带人到湖中心见证这个传奇，但可惜为了爬上心目中那座最高的沙山，我们已经没有多余体力再蹚过湖水，去一睹这奇异的泉眼和一品泉水了。

坐在树下的石头上打盹儿小憩，避开午后那阵强烈阳光过后，我们下午四点多钟开始爬山。刚开始，除了感觉到空气灼热、脚下的沙子发烫之外，和我们一路走来的感受并无二致。但当我们上到山体三分之一处开始。沙山开始变得异常陡峭和松软，沙山的纹理已经被风梳成了虎皮上的那种纹路。有些地方踩上去，会发出春雷般的轰鸣声。这里依然是鸣沙，在这两日来的行程中，这样的轰鸣声我们早已习以为常、见怪不怪了。

随着高度的增加，我们的体力消耗也越来越大，很多力气其实都白白浪费掉了，因为每前行一步，双脚都要深陷好几十公分，并随着流沙一起，往山下退回，就算我们手脚并用也无济于事。逐渐，变得体力不支起来。临近山顶大约还有百十米的时候，每走一步都相当困难，基本上走两步，都要坐下来休息好一阵时间。使得先爬上沙山顶端的康申正在那里吆喝宣扬不已。

有一阵子，行动似乎比在雪山上还要困难，我显然准备放弃登顶。这时候，夕阳西下，天边的云彩阻挡了阳光，沙山上的光线陡然变得柔和起来，山脊的弧线开始格外婉转动人，仿佛女人的胴体，纤毫毕现的肌肤上闪动着金黄色的光亮。也像镶嵌在天地间的一把把韵味深厚的古琴，琴身上流沙的轰鸣声滚动不息。

这是属于沙漠的壮丽与雄浑，再也不是过去书上“死亡之海”的那种记叙。克服腹中的饥饿和口中的干涸，还有那几近瘫软的四肢和腰身，使完身上最后一点力气，狠命来到毕鲁图峰顶，瘫痪扑倒在沙地上。夕阳下，可以看到沙山脚下远近不同、大小不一的七个海子，闪着颜色不一的光泽长蛇般排开。这时候，我真止接受了面积居世界第四、中国第二的巴丹吉林沙漠，是中国甚至也是世界上最美沙漠的说法。

夕阳渐渐下去，见我们还没有下到音德日图，还在下面等待的明娃子似乎有点儿急了。他开始上山寻找我们。我们开始下撤，虽然全身上下已经没有什么劲儿了，但在柔软的沙山上下撤却比较容易，眼睛一闭，连滚带翻，没一会工夫就下了大半，这时不得不承认，常识告诉我们的“上山容易下山难”，在这里你得反过来用。

当夜，我们宿小海子，这天刚好是佛祖的诞辰日，星光灿烂，我想这也可能是冥冥当中的一种幸运吧。在我们进入沙漠之前，川西邦波寺的僧人们，专门为我们沙漠之行举办了法事，念经，以祈请平安。

我没有宗教上的信仰，然而为这种祈愿所感动。抬头遥望星空，我想起青海湖和德令哈的星空，想起在西藏山南桑耶寺的星空，璀璨的群星正当穹庐中顶，银河犹如巨大的白练横亘在天幕之上，这些距离仿佛近得已经不能再近的星星，像是洞知和体察了我所有心思的精灵，这也是我找寻到的心灵上的慰藉和安抚吧。

音德日图，必鲁图沙山脚下的一处海子，据说湖中央有一个磨盘泉。太过疲劳，我已没有力气蹚水进去一探究竟。

庙海子最后的僧人

“苏敏吉林”，蒙古语里意为“有庙的海子”，所以沙漠里的人简称这里为“庙海子”。这里有三户人家，还有一座藏传佛教寺庙——巴丹吉林庙。我们经过一上午的长途跋涉从小海子来到这里，立即被眼前的景色震撼：赤红色的沙山下，一汪碧波环抱着金光闪闪的僧人庙和几株高大的白杨，树影静静倒映在湖水里，和岸上的实体连成一片。

我们的行走惊动了湖边草丛里一群群的野鸭和不知名的水鸟。顺着湖岸刀尖一样插入湖水中的坚硬盐渍地，来到巴丹吉林庙，只见庙门虚掩。推门而入，两层的小寺庙，布局与其他藏传佛教寺院并没有太大区别。殿堂外面，黄亮的转经筒闪着古朴的光泽，许是久未有人来推动它们了，转起来时，发出咯吱咯吱的声响。殿房内，雕梁画栋，一具具传神的佛像和彩绘熠熠夺目，显得少有香火供奉。也许三尺之上的神明，并不在意种种人为的形式吧。但也据说，这里曾香火旺盛，来此求神拜佛的人曾络绎不绝，他们进出沙漠一次，就算是骑着骆驼，也起码要行走六七天时间，这里毕竟距离沙漠外面的世界太远了。

我还得知，这个小小的格鲁派寺庙里，其实供奉着三位活佛的舍利灵塔。最后一位活佛据说去世于“文革”期间，在那个特殊的年代，寻找转世灵童的举动被制止，从此这座僧人庙再也没有了活佛。虽然如今这里已经失去了活佛和巨大的感召力，但遥想它从数百年前清朝同治年间始建以来，一直深居这人烟稀少的大漠，让人不禁唏嘘。

从巴丹吉林庙退出，把庙门掩好，来到一户大门敞开的人家，经过询问得知，这座寺庙现任住持桑木腾就住在湖岸左侧不远处。他是这里原始的住户，巴丹吉林庙最鼎盛时期曾有六十多个僧人，但近几十年时间里，只有桑木腾一人在支撑着这个寺庙。

桑木腾是个具有传奇色彩的人物，他从小就进寺庙当了僧人，“文革”拆庙批斗僧人时，逃出了沙漠，去过内地很多地方，在这片沙漠里算是见过世面的人了。后来他云游四方，学医有成后回到当地医院当了医生，20世纪80年代政府给他平反后，放不下对藏传佛教的牵挂，提前办理了退休手续，回到巴丹吉林庙做住持，成了拿着退休工资的僧人，被牧民们戏称为“兼职”僧人。

这家主人告诉我们，桑木腾这段时间外出了，不在家，所以无法得见。这个庙现在由他的儿子在接他的班，他或许是这里最后的一个僧人，因为他似乎对学佛很不感兴趣，很是调皮，每每有外面的游人来到，便向往着跟随这些游人一起走出沙漠，去到对他来说陌生而又美妙无比的外面世界。桑木腾为此很是恼火，可又拿他没有办法。所以，桑木腾不在家的时候，寺庙里便再无这小僧人的踪迹。这家主人好心地帮我们朝桑木腾家喊叫了一阵，说有人前来拜佛，让小僧人过来接待一下，显然，那孩子躲在家里就像是没有听到。

这家主人笑说：“也不知道这孩子怎么当僧人的！没准儿又在睡

觉！”我们也曾在陶家听到过桑木腾和他儿子的故事。陶积福说，有次沙漠里的牧民都集中到这里来开会，有人要去寺庙里拜佛，喊小僧人去做法事，却发现这孩子穿起了俗人的衣服躲在那里看文艺演出，听到父亲的喊叫，才匆忙回家拿了僧服跑回寺庙，引来桑木腾的斥责和众人的阵阵哄笑。

其实，在我们眼里，这个被父亲强行要求学佛的少年，他的“出格”反应也许并不为过。我担心的是，他会是巴丹吉林庙最后的一位僧人吗？

巴丹吉林庙，这是一处藏传佛教的寺庙，它与海子、沙山和几株杨柳相伴。

离开

进入，离开，这是必然的。虽然留恋，但是我从不属于那里。在一个靠太阳晒水洗澡，靠风力和太阳发电，没有手机信号，也没有可口食物的沙漠中，我只是蜂拥而至的观光客中的一位，只是尽量不显得那么粗俗，尽量把自己产生的垃圾带走，把亲手刨起的中药分发给各路朋友，也尽量用心去喜欢这里，而不仅是观光时的沾沾自喜。

2007-06-05

我从不为自己在沙漠里粗陋的饮食而在意，也不为睡在冷凉的沙地上而忧心忡忡，但我会为沙漠里长久的寂寞而担忧。当我们徒步行走三天过后，来到巴丹吉林最大的海子也是最美的海子诺日图边上，终于得见了数量还算是比较多的人，吃上了一顿像模像样的晚餐。

与徒步的艰辛相比，诺日图的美丽风景已经不那么被我们注重了。黄昏时，我们只在湖边停留了片刻，便被湖畔密集可怕的蚊子还有腹中的饥饿、身体的疲惫赶到了可供休息的牧民家。

这是我们第一次在巴丹吉林沙漠里面看到年轻的姑娘。我们的向导明娃子是个二十来岁的少年，我看到了他和她眼里同时闪现的光亮。他数月都难得见着一次姑娘吧，她对年轻男人应该也是如此。

他在路上尝试着问我们，这天晚上能不能在诺日图住下来，而我们的行程安排是，当晚必须趁着夜色再翻越两座大的沙山，因为晚上凉快，相对节省力气，也省水，否则第二天在烈日下我们根本就翻不过那两座归途中最高大的沙山。

提议被否决让他闪现一丝怅惘。晚饭后，八点，他对我们说出发吧，我说我们再休息四十五分钟时间，八点四十五分准时出发——我给了他和对我们来说，都异常宝贵的一段时间，四十五分钟的时间，够他约会了。

他明白了我的意思，姑娘转身悄然到了外面等他。他红着脸向我们吐了一下舌头，然后出去了。这个当口，我们也没有闲着，让姑娘的姐姐再做了米饭和菜，然后用塑料袋装好，这是我们第二天一天的“干粮”。

半个小时后，他和姑娘红着脸回来了。尔后，姑娘来到屋门外，默默帮他牵过骆驼，含情脉脉地看着他骑上骆驼，和我们一同趁着月色离开。

那晚，我从他和她的身上看到了沙漠中的孤寂，我觉得那是整个人类的孤寂，而不仅仅是他和她两个人。

最后的巴丹吉林几日，其实还有着众多的不堪。返回陶家的前夜，沙漠上起风了。“落日前不起风，晚上没有风；落日后起风，晚上必大风”，陶积福说过。

那晚，我们睡在一座甚大的沙山下面，风起来时，听得到远处巨大的鸣沙的声响，像是万马奔腾，也像是要天崩地裂。风沙呼啸着吹过来，不一会儿，全身上下都是沙子，连嘴巴、鼻孔和眼睛里也全都是。好在第二天风沙变得小了点儿，好不容易用尽最后的力气走回陶家，用阳光晒热了的井水洗了澡，喝了陶大叔煮的砖茶，便倒头睡死在他家的土炕上。

还有太多的幸运，回到陶家后的第二天晚上，我们又半夜出发，赶在一场肆虐的沙尘暴开始之前，乘坐他家那辆老掉了牙的吉普车离开巴丹吉林沙漠，前往雅布赖镇。

这时，沙尘暴已非常大，兰新铁路被迫临时中断。在出沙漠的过程中，本还想返回时再拍摄雅布赖山一带的河谷，也未能如愿。而且虽然路上遭遇过好几次陷车，可连日奔波的疲劳还是让我不由自主地在“越野”过程中昏睡了过去，并在摇晃中用自己的脑壳敲碎了吉普车的左窗户玻璃。

明娃子叼着香烟，抱着方向盘，开车时就像是在筛筛子。颠簸的吉普车上，他反复播放的几首歌里竟然有一首小娟的《红雪莲》——和我MP3里的如此一致。离开沙漠的这个夜晚，在歌声里，在小娟的声音中，我泪流满面。

我惭愧，徒步过那么多的旅行线路，却从来没有感受到这般艰辛疲惫。甚至感到了绝望。包括和骆驼赛跑，导致双腿严重抽筋的时候；包括没有一丝风，热得让人冒烟，又累又饿，双脚已经被无孔不入的沙子磨得稀烂，每停顿一次就肿痛得不愿再落地的时候……
几乎没有充足的食品，少许的几顿饭菜，加上每天罐装的十几斤生水。好在巴丹吉林沙漠中从来不缺淡水，没有受到过任何污染，这是让人欣慰再欣慰的事情。我们没有购置专业的沙漠徒步鞋，另两个家伙甚至没有太阳镜。我们人手一根从陶家抽取的木棍作为手杖，为这次行程的艰辛立下了标杆。

其实徒步巴丹吉林沙漠可以不那么悲壮，只不过我们用一天时间走完了国家探险协会要花四天时间才走完的路程，而且是在骆驼都已脱毛，气温高到那些大家伙有时都不愿意起步，要用鞭子抽才肯动的月份。

同行伙伴“米拉日巴的心子”和“野和尚”都是徒步强人，前者在墨脱威震群雄，后者系武夫，修有气功心法，我没问他们是否也和我一样有过绝望甚至放弃的念头，但如果他们说不累，不疲惫，我一点儿也不会相信。而且我那有着七个破洞的右脚和四个破洞的左脚，每行走一步，进入的沙子都会扎得人钻心疼痛，正是无法防止沙子渗入的鞋子，成了这次徒步最痛苦的原因所在。

而我还要保持一点点体力，为三个两手空空的人，留下一点儿巴丹吉林的美丽影像。支撑我坚持走下来的力量，大概源于自己如此迷恋那些行走过程中的粗粝和不堪，还有大地上的孤寂和静穆吧，我想。在这样的行程中，可以更好体味到生命的脆弱，整理自己破败的心绪。

走到天边去，那些额外的疲惫与困乏，掠走了自己身上被过分强调的情感哀愁与厌世悲凉。走那样的路，除了生就是死，质朴、直接，用不着推敲，不用绕太大的弯子，经得起两眼直观感受，不需要斤斤计较。

爱情与生活，大概也应该这个样子才对。

风把天吹蓝了，雪把大地描白

仿佛画板上的心情，将愿望调模糊

远远的天际，此时该划在哪里

童话里，才可以说去的是雏菊，走的是花神

童话外，才可以说彼时的记号，留成了符号

漠河和雪乡：

找北

我看着另外一个自己在北方的大地上冻僵，就那样，我孤独而无助地来到了北方。

时间回到2006年的最后一天。北京下了一场小雪，薄薄的雪，行人踩在上面，不断淌出黑水。我说，去更远更北的北吧，去看看北边的雪，干净而洁白的雪，这就够了。

也许只有冷，才能解开那些还尚未解开的心结；也许只有白，才能抹掉那些曾经灰暗的心迹。

世界是一条倒淌的河流

12月31号，一年的最后一天，驶向北方的火车，我称之为新年的火车，蓝色的铁皮车管。跑、跑、跑，跑得飞快。

我的身畔，北方人团坐四围，他们热情豪迈，大口地吞下白酒。也有人宿醉未醒，在熟睡中打着饱嗝与呼噜，或者干各种与北方风格一致的事情。而在靠近车窗的位置，我可以闭着眼睛，试想火车不断掠过的那些地带会是什么样的风景，然后睁开眼睛，再比较它们和自己所看到的情况是不是足够一致。

田野、村庄、河流、山冈，还有森林，呈现出一派白雪皑皑的景象，它们因列车的前行而奔跑流动，因洁白干净的色彩而留恋止息。

甚至还不止，它们是白茫茫的，一片一片，大块地屏住了呼吸。

这是我所向往的那种状态，万物被冷藏，被卷在柔和的白雪下面，仿佛正在进行一场冬眠。

2006-12-31

要不是得知了那样的一则消息，我不知道自己会不会在那个时间，或者干脆就不知道自己这一辈子会不会去那么北的北方。

她已结婚，她已……有关她的消息，像是呼啸的子弹，我早已等待这些子弹来将自己杀死。现在，我终于彻底死了，我的魂魄将要带着我空洞僵硬的躯壳来到冰冷的北方。

想到黑龙江、松花江和乌苏里江的大马哈鱼，三江两岸的赫哲人，将大马哈鱼称为“达依马哈”，意为“定时往来的鱼”。每年到了一定季节，大马哈鱼都要从广袤的鄂霍茨克海洄游到当初孕育它们的江河当中进行生殖，它们雌雄相伴，从大海里出发，刚开始时体型丰满俊美，回到内河后，经过长距离洄游，体色已由鲜艳逐渐变得暗淡，身体也变得极为孱弱，繁衍后代不久后雌鱼和雄鱼便都要死去。而幼鱼在内河里长大后，又会重新踏上长途旅程，随江河进入大海，成年后再溯河洄游到当初繁殖它们的地方，繁殖完自己的后代后死去。如此循环往复。

也许，在大马哈鱼的眼里，世界就是一条倒淌奔腾的河流，一口趋附在大地躯干上的深井，而我在一年中最冷的时候，在自己最为自闭的一段时间里来到了北方。我感到自己也如同一尾大马哈鱼，回到了大地缠绵深奥的子宫深处。

那一刻，我返老还童。
冷与白，尝试着沉寂其中。

但我感到自己颇为可笑的是，为了抵御寒冷，又不得不穿上了厚厚的衣物，如同一头笨拙的北极熊。我还堂而皇之地戴上了帽子，戴帽子的时候，头发便成了多余之物，于是，我又想着把自己的头发不加顾虑地剃光，可这个念头到最后又没有成为现实。

身在北方的朋友诺儿告诉我说，熊其实是一种很聪明的动物，因为很多时候，那个庞然大物的家伙，正是大马哈鱼洄游路上最大的天敌，它可是个捕捉大马哈鱼的高手。诺儿说，你不能同时当大马哈鱼，又当熊，因为你不能立志让自己成为自己的天敌。

她又说，你不能成为自己的天敌，但你可以成为不同于原来的你自己。

雪夜中的哈尔滨

哈尔滨，小杉树国际青年旅馆，坐在没有他人的咖啡厅里，静静看着窗外。听雪，仿佛簌簌有声，隔着双层玻璃，声音其实是虚拟的，只是万籁俱寂的夜晚，头脑里所发出的缠绵回音。

只有眼前的雪花，在窗外真实地飘落，在街灯下飞舞。像是蝴蝶在暗夜里抖动纤弱的翅膀，像是稀薄的月光聚积于一棵即将凋零的花树，从四散的花骨中传来颤鸣和尖叫。

它们落在大街上，小巷中，墙头下，泥地里，砖缝内，树丛间……

2007-01-01

列车到达哈尔滨时，已晚上七点，不算是深夜，可听说这里冬天四点钟就已经天黑了。背着包，戴好帽子和手套，沿着街灯随意走了下去。一座灯影憧憧的冰雪之城，在新的一年第一天里，冒着寒气，在夜空中抖开了花衣。

我想询问去学府路小杉树国际青年旅馆怎么走，向一个迎面过来的女孩子打了个招呼，她停下了脚步，拉下口罩，我惊讶得连忙道歉，因为这才看清是一位俄罗斯姑娘。她冲我不解地摇了摇头，然后面露微笑远去，我则开始自嘲。

在布满冰灯的街道上瞎逛。可能是把自己捂得太严实了的原因吧，有人“Hello，Hello”地冲我打招呼，以为我是外国人，拿出相机请我帮他们拍照，我解释自己是中国人，用不着讲英文。可拍完照片，他们还是用仅有的几个英文单词谢个没完，固执得让人郁闷。

打车到学府路，住进小杉树，里面的人不多，洗完澡，进到咖啡厅里，房子里除了自己，再没有别人。被人翻阅过的报刊，也都悉数放在原来的位置，整整齐齐的。连灯光都安谧宁静，只覆盖着一小块地方。一盏小巧的壁灯，依偎在桌边的柱子上，斜洒下橘皮般柔和的光亮，把由桦木装修出来的室内空间，梳理得细腻柔顺。

抬头看看窗外，小杉树的周围都是房子，四处都是灯光。除了房子和灯光，还有几棵比这里的房子和灯光更高的大树。再之外的地方，其他的房子和灯光又把这里的房子和灯光挡住了，让人只能抬头往高处看。往高处看，细碎的雪花，从树顶上，从更高更远的夜空里往地面上扑落。再之外，更高更远的地方，就什么也看不清了。

窗户外面，一朵虚弱无力的雪花悄无声息地到来，附着在蓝色的玻璃上。它从高空中、树梢上，或是从想象不出来的地方，斜飞到这里，孤零零地闪着晶莹的光，如同即将融化的酥糖，在心壁上撞击后轻微地颤抖；像早春的枝条在柔软的春风中抽出的幼芽，在阳光里飘摇；仿佛一滴柔弱小巧的眼泪，转瞬间便融化成一滩模糊的水迹。

夜色因飞雪而更加迷离，这是我来到的北方，来到的哈尔滨，一座迎风招展的城市。

夜晚的哈尔滨在冷风中抖开，寒冷仿佛也是盛开在城市之中的花朵，被我悲伤地遇见。/ 宗小诺 摄

柔和的灯光铺就了夜的宁静安谧。正是在这里，我开始思考对过去的某种结束。/ 宗小诺 摄

结满雾凇的清晨

新一年的第二天，住在小杉树青年旅馆的公共房间里，怕起得太早，自己的走动会影响他人休息，所以直挨到七点有人开始起床，这才扯起被子，从自己的铺位上爬下来，洗漱完毕，来到大堂外，在头天晚上一个人独自发呆过的咖啡厅晃荡。

窗外，新年的落雪已经停止，路面上积了一层薄薄的新雪，看起来平整洁净，没有太多人行走过的痕迹。那几棵朦胧夜色中所见到的大树，果然比周围的楼宇和院落要高。低矮的建筑物稍显陈旧，但灿烂的阳光却正从树梢上升起，照亮了晨间所有物体的轮廓。重要的是，大树上结满了好看的雾凇。

几个韩国人背着包在前台办理了离店手续，手拿摄影器材正准备出门拍摄。一个女孩子边吃着盒装的早餐边和周边的人聊天，普通话里夹杂着浓浓的港味。这位香港姑娘，不敢相信，也不肯确定眼前这个北方清晨的风景，就是书本上所介绍的大名鼎鼎的雾凇。

透明的玻璃门外，诺儿从小杉树前那条窄巷的拐角处陡然走了过来。等她推门进屋时，我已经站到了正对大门的位置。她十分惊讶，然后我们都没有说话，相互笑。

走出旅馆，踩在蓬松的雪地上，脚底下发出嘎嘎的声响。我们尽量沿着别人走过的脚印向前，因为舍不得把干净的雪踩坏。走几步，诺儿停下，指着头顶上的雾凇，问我以前有没有见过。我说我看见过。她眨眨眼睛，好似不信。

其实我是看过雾凇的。

2003年那个记忆中的春节，我第二次来到新疆。飞机凌晨三点从首都机场起飞，到达乌鲁木齐，早上七点，眼前的天地白茫茫一片，像是撒上了一层厚厚的味精和盐。这场雪，在大年三十前连续下了好几天。

大雪初晴的早上，阳光温柔得像是一匹绸缎。风薄云轻。汽车在积着厚厚白雪的公路上缓慢行驶着。笔直的公路两边，高大的胡杨树上，雾凇迎面扑来，就像是神仙给这个大西北的早晨吹上了一层仙气。蓝色的天空则如一汪深情的湖水，用灵动的眼睛正俯视着大地。

那天早上，雾凇结满了公路两旁高大的胡杨树林。公路的一边，被阳光照亮的雾凇显得晶莹剔透，像璀璨的玉，像一树怒放的银菊。而背着阳光的一面，簇簇雾凇，则宛若轻盈的鹅绒，像打湿的霓裳散发出朦胧的水气，像冰晶在风中快乐地飞舞。

我们停了车，下到公路上面。大西北人虽然时常见到雾凇，但那天的雾凇也好得让他们称奇。那是我第一次看到这种仿佛仙境里才会出现的东西，生怕眼睛不够用，贪婪地看，欣喜若狂。

后来，我再也没有见到过比那天更好看的雾凇。

雾凇在晨间降落，从而加速了我的凝结，我的过去仿佛不知身在何处，只在忧郁的天幕悬浮。
/ 宗小诺 摄

小烧

诺儿提议去逛松花江。来到江边，再往江中心走不多远，一些马车停在那里，几个妇女热情洋溢地推荐我们乘马车游览。车厢带着明显的远东风情，红色的绒布上还镶着艳丽的花纹与图案。要不是那匹黄色的高头大马略显老迈，要不是边上喧闹的游人，还真像是传说中的古代宝马香车。

乘马车往前，其实来到江面还不及一半，马夫停下，说前面得自己走了，马车不让过。下车一看，果然前面立了个牌子，上面写着：马车和机动车禁止前行，游人请步行过江。我们笑，虽然生意人的手段过于精明，但经过了这一阵子的颠簸，也差不多过足了“车”瘾，早就想跳到冰面上自个儿玩儿了。

谢了马夫，给了车钱，按牌子上的指示继续往前走。冰很厚，从寸许宽的裂纹看下去，看不清冰层有多深。松花江上的冰层在这个季节是不存在塌陷危险的，可以在冰面上蹦跳，玩玩停停，上到太阳岛时，雾凇已经开始逐渐散去，沿着林间小路向前，一些俄罗斯风格的建筑出现。诺儿介绍说，那里原是别墅度假村，现在已被改建成了旅游点，叫“俄罗斯风情小镇”，保留了原有建筑，还增设了很多俄罗斯特色的工艺品商场、画廊、餐厅和酒吧等。

要不要进去看看？
我说在外围走走就好了。
难道对欢快的喀秋莎和大列巴的香味也没有兴趣？
我摇了摇头。

她又问我想不想去冰雪大世界逛逛。我说这儿本身就是冰雪大世界了，不想再进到人工围起来收售门票的园子里去看。

诺儿无奈，说我一点儿也不想改变。

原路返回，我们走过松花江回市区，她要请我吃午饭，喝东北的烧刀子。一瓶地道的小烧，几瓶哈尔滨啤酒，让人暂时忘掉窗外的温度。

诺儿知道我的心事，无声地陪着我喝酒。酒在心里慢慢开花，颤抖，它滋滋作响，像一段干净的腐木，它肢解了它未寒的尸骨，来温暖我的胃，它通过一次又一次的湮没来证实，我的身子不过是泥做的。

那天的哈尔滨，温暖的小酒馆里，酒让我恍惚中想起南方，想起在文章中虚构的香水湾、琅椰村，一艘黄色的潜水艇和黑黝黝的地下森林。想起我送给她的蓝颜色小尾巴鱼。鱼儿或许真的是通人性的，她要结婚时，那些鱼一夜之间全部死了。她说那些宝贝鱼，是自杀了。

我在北方的酒意中，仿佛看到酒光中闪动着一尾蓝颜色的鱼，有着裙子般漂亮的尾巴，还有故意蓄起的褶皱，短而飘摇。

冰花，这透明的霜冻，寒冷的小小技巧，让我感受到仿佛植物身上才能布满的细密骨胳，它的每一道脉络，都始终与心相连。 / 宗小诺 摄

雪乡

这个地方，叫雪乡。这个好听的名字是后来才改的，过去叫双峰林场，位于小兴安岭深处的海林市长汀镇。冲着名字，我也执意要来看一看。

从哈尔滨过来，专门找了辆面包车，原定是早晨九点出发的，结果司机失约了，让等到中午。睡到中午起床，吃了饭，洗了澡，没想到发车时间再次推迟。一直到下午四点，接完我们，又到车站接完一对火车晚点了五个小时的深圳情侣后，司机大哥又把车停在了中央大道附近，要等一个刚从郑州登上飞机的河南妹子。

深夜，面包车才开上通往雪乡的公路，一路上积雪很厚，车灯照亮的地方，全白茫茫一片。像我在西藏时深夜里翻越的那些白皑皑的雪山；像在滇西北，在白马雪山途中翻越的那些覆有白雪的冷杉林。

汽车在雪路上打滑轰鸣，行驶缓慢，车窗外传来凉飕飕的寒气。司机谨慎地开着车，车内的人差不多都睡着了，我的内心却被来自黑夜里的白雪的光芒刺痛。

白雪仿佛让我看到了自己，那个潜伏在时光深处的影子，他随着时间和流水的远去转瞬间隐没。我看见他的脸孔如同道路一样空阔、孤寂。他的眼泪像一串在风中抖动而易碎的琥珀，像一把洋洋洒洒的干燥的白雪，一种被空气和水气粘合的颗粒状粉末。

他一次次，不由自主，转身而去，而去。

可他的背影在雪地里摔下来，他的心脏也一同摔落，他的身体摔倒在洁白而苍凉的雪野上，让我听到冬天的森林中枯枝腐朽断裂的声音。这些声音十分邻近，而又遥远；十分真切，而又捉摸不定。

看着他跌倒，像要死去。我在内心里高叫着说：不！

而大地和雪野则像一头冻僵的狮子。我听到辽阔大地上动物和人类脚步一同远去的声音。我还听到心脏内跳动得越来越小的声音，像脉搏内流动的血液，逐渐黯淡静止了下来。像遥远的北方平原上，一脉快要断线的水流，接近虚弱和无力，即将从地表上隐匿。

我瘫软无力，支撑着自己，想要爬起。

2007-01-05

车是凌晨五点到达雪乡的，从一条不怎么直的街道开过去，两排木头房子分列在马路两侧，房门口大红的灯笼还亮着。在司机的推荐下，我住到了林场职工杨大姐家里，她给自己家取了个好听的名字：雪松旅馆。

爬上暖烘烘的火炕，开始蒙头大睡，第一次睡这种炕，温暖得出人意料。早上外屋的脚步声把我惊醒，看看时间已经八点，我也爬了起来，穿好衣服，想出门看看雪乡，这里和别的地方到底有什么不同。

漫天的雪，漫天的白。

虽然按照杨大姐的说法，今年雪乡的雪不是很大，不像前些年——一直会从房顶上耷拉到地面上。但在我眼里，这里的雪已经足够厚实了，特别是房顶上，还有一些栅栏围起的园子，积雪足有三四尺厚。

村里，几条大狗正拉着雪橇到处跑，还有三三两两的外地游客。我从小村出来，顺着小路下到一处还没有人走过的地方，雪没到了腰身。小河上结着厚厚的冰，踩在上面，感觉得到冰层下水流的颤动。

阳光出来了，松林里有斑斑点点的光亮。这时的雪乡，山林和房屋都笼罩在朦胧柔和的光线里，像是一则童话。

独自沿着一条废弃的雪道爬向附近的山顶，雪粒很快顺裤角钻进了鞋里。后来，雪越来越深，很快弄湿了鞋，下了山，回到雪松旅馆，将雪水倒干净，再从杨大姐那儿找来电吹风，将鞋子慢慢吹干。

午饭过后，我躺在炕上，半闭着眼睛休息。杨大姐在炕下添进了新的劈柴，火炕更加热了，诺儿来短信告诉我，她们单位要到雪乡搞联欢，正从哈市出发，估计晚上八点左右到雪乡，到时若有机会见面，会再短信告诉我。

傍晚起床，有人在街道上放起了烟花，家家户户门口的大红灯笼也都亮了起来。我不是特别喜欢这些，走到街上随意溜达，发现到处都是游人和相机的闪光。一些黄狗和孩子，在人群里钻来钻去。不知道玩儿什么，怎么玩儿。不拍照片。双手插在衣兜里在小镇上晃荡。这是我开始逐渐习惯的旅行方式，随意晃荡着，就慢慢丢失了原来的心情，那些欲罢不能、面对无力的心头的灰暗。

晚上，诺儿到了，她们的活动结束后，我们在雪乡有了片刻的小聚。陪她在街道上拍完照片，我们在雪松旅馆和外人一起坐在火炕上打扑克牌，输了喝啤酒，是在屋外的雪堆上冰镇出来的。

温暖的火炕，但我睡得并不踏实。辗转翻覆中，那些淬上了时光和生命印迹的记忆碎片，鱼贯而来，像我多年来不断地出发、行走，直到又一次启程。人间情知，或许并不应该以行走的形式来苦苦追逐，只是每每到了想要诀别的时候，总会于心不忍，于是一次次地远离，一次次地拼命忘记，然而只需要短短一瞬就又将心头的黯然重又拣回来。

早上起床，晃到街上的小邮电所里，买了明信片邮寄出去。我是想，雪乡，这是多么动听的一个地名啊，一定要让朋友们知道，还有她。

诺儿还在某个覆满白雪的房子里开会。没有惊扰，没有告别，背起包，我在午后离开了梦幻般的雪乡。

漠河，北极村

来到漠河，来到中俄边境的北极村，这个被称为中国最北小镇的地方。我没有想到，那天傍晚出现了零下三十九摄氏度的低温。

我是当天整个小镇上为数不多的外来人。我所知道的另外一位旅客，一位年轻的四川籍男子，在我到达小镇的那个早上，已经死掉了，人们发现他睡卧于小镇西北角的一片雪地里。

据说，同时被发现的，还有他随身携带的一部手机和一瓶干掉了一小半的白酒。也许是疾病，也许是酒后醉倒而冻死。总之死后，他的神情安逸，没有丝毫痛苦，就像进入了睡梦。他冻僵的身体被警察装入一个由白桦木条钉成的箱子里，防止被狗咬伤。然后就摆放在雪野里，天然冷藏，等着家人前来领取。

有人说，在冰天雪地里那样安逸死掉，真是一个不错的死法。小镇的人向我多次讲述过在冰天雪地里冻死的那种过程。与我想象中非常不一致的是，人在将要被冻死的时候，并不会感到寒冷，而是彻底的放松，仿若进入甜美的梦境，然后美梦做着做着，就死了，不知不觉，死后还带着梦中的神情。

他为什么也要在一年中最冷的月份里，独自一人来到遥远的北极村？

没有人知道，我也不知道。

住在“中国最北之家”，我理所当然成了当天唯一的顾客。这户据说是中国版图上最北的人家，距离北极村小镇还有一两公里的路程，我到达的时候已是下午四点多，天已黑透，因为刮着风，还伴有少量降雪，去他家的路走得很是痛苦。当我披着浓重的暮色敲开他家大门时，房主吃了一惊，他家已经很久没有游客前来住宿和打扰了。

主人家还在上小学的女儿正在生病，男主人忙着生火添柴烧炉子，保证室内的温度，饭却顾不上做，只好在闲下来的时候和我一起就着咸菜啃前几天剩下的馒头，算是晚餐。晚饭后，偌大的客厅里，只剩我一个人在那里就着壁炉烤火。安静而空落，于是一个人只能漫不经心地喝茶，漫不经心地在本子上写写画画，或是偶尔向壁炉里添加几根劈柴。

北极村晚上只供电到十一点，这还是镇上用柴油机自发供电。熄灯之前，我靠近壁炉，就着炉子里熊熊燃烧的大火，想着斑斑点点的心事，然后动手给朋友写信，仿佛这是当时唯一可做的事情。

极低的气温下，一所北方的木头房子，成了我身心的慰安之所，避难之所。在从哈尔滨到漠河的一路上，几乎遇到的所有当地人都在问我同一个问题：你是哪里人，你为什么要在这个季节独自一人来到这里？他们对我的到来感到非常不解，因为他们觉得冬天里，这里除了冰和雪，实在没有什么可看的。而要看久负盛名的北极光，得在六月份夏至前后那几天。

我无法准确回答他们的提问，于是解释到最后，换回的是更多的不解。

北。最北的小镇。的确，除了冷，这里的冬天平实无奇，我也不知道我究竟为什么要在这个季节来到这里。

最北之家的主人开玩笑说，你是来找北的吧，现在你可总算是找着北了！

我笑了笑。

是啊，终于找到北了。午间，我在小镇上遇到了一对从广州过来看雪的情侣，于是搭乘了他们的面包车，一起在午后离开了这个中国最北的小镇。

最北之家的木头房子，那是我漫漫寒夜里的庇护之所，安慰之所。

归途

从漠河县城乘火车至加格达奇，然后再转车回京。几天后，我收到了一封来自北方的电邮：

往北，再往北，我一直生活在你的北面。从2007年开始，你终于可以分清哪里是沈阳，哪里是哈尔滨，哪里是雪乡和那个最北点。

其实不去西藏一样有高僧大德，不去拉萨一样可以重拾自我。

冰天雪地可以使人变得清醒，也可能让人永远都醒不过来。那天收到你的短信："北极村，只有两个游客，一个是我，另一个死了。不知身份，被警察装进一只盒子里等人认领。"看到这个消息，心中多了悔意，那天你到时，我该抽空去接你的，即使我们都是行走惯了的人，我想你那晚冰冻的不只是身体，还有影子。

第二天一早在小杉树青年旅馆的大堂，你给了我一张灿烂的笑脸，这让我放心，还是那个你，比想象中要好。因为我一直担心你的情绪——当有一天我发现你的博客像被强盗席卷一空，而那个强盗就是你自己。

我宁愿相信你是把那些过去的不好心情当作摆设，晒过晾过收拾停当，可竟成了一场自己和自己的争斗，积极消极，快乐不快乐，睡觉不睡觉，胃疼还是心疼。

那天早上有很漂亮的雾凇，和我预想的一样，我却没有预想到你的到来。那天早上，你要比拉萨的夜晚笑得阳光，那夜，东措院子里那个忧郁的背影已经转过身来。

背包客酒吧不再，拉姆不再，顺手写在留言簿上的话语不再，还好记忆还在，没有青稞，就连拉萨啤酒都少得可怜的晚上。南之南，北之北，背包客的木椅和雪乡的火炕，青稞酒与小烧，阳光与雪影……

你找到北了吗？我们总会在路上得到一些东西，又失去一些东西，我不想问，因为我不忍，你是太阳的儿子，终究会被阳光环绕。

祝快乐！

诺

伴随着来信，除了内心的感激，还有陡然而至的一种自责，为自己这些年来曾经的偏执和沉溺，也为自己那些糟糕的情绪与虚妄的过往。

我找到北了吗？我可曾找到自己苦苦寻找的灵魂的出口？

也许什么事物都不会不在，都还在原来的地方盛装。当我坐在另一维的空间，另一度的时间里，看不见也听不见的时候，那一切的过去，其实都还存在于原来的地方。它们不是在等待被想起、被记忆、被重温，只是为了能在我们穿越了时空的藩篱，终于抽身而去后，产生由衷的欣慰。

那是我被迫上路的过去，我必须深知，那些时光已经再也不容自己去粘贴、拼接和重逢。如果我罹患漂泊宿命的灵魂，不断地行走是为了苦苦寻找一些短暂的慰藉，生命中分内的孤独亦早已领取，现在的我，可以赎回对自己的体谅与宽容了吧？

正是在漠河，在接触到那位川籍年轻男子冻死在雪野上的意外事件之后，我开始对自己警醒，陡然间感受到一些莫名的启示，刀锋般剖开了我若干年来一直纠缠于一起的坚硬的心结，像是读到纳博科夫《仁慈》中的那段：

我骤然感到，原来世界充满柔情，围绕于我的乃是一片仁慈，我与一切存在之物间系着甜蜜的纽带。我明白了想从你身上寻觅的欢娱不只是在你身上，还萦绕在我周围，存在于街市的喧哗里，可笑地束起的裙裾下，在飒飒西风中，在孕育着雨滴的秋云间；我明白了，这世界并非是一连串的残酷的争斗，而是熠熠闪亮的欢乐，使人愉悦的柔浪，未为我们珍惜的礼品。

大师语言中的仁慈与明亮延续，刻骨的寒冷则教会我尝试着如何同不断发生争吵的世界达成和解。

告别向北的旅行，告别那些冰天雪地的地方，在新一年刚刚开始的时候，我终于感到了一丝温热，要将自己多年来坚固一路的寒冷逐渐消融，像凝结在玻璃窗上的冰花一样，那是最为纯粹、真切与细致的感动。

现在，我将我的故事的开始与结束，公开摊晾在北方那寒冷的冬天面前，我无法企盼他人究竟会对我多年来的行程和光阴给予怎样的句读，但它是我的青春，我的故事，我历史中的历史。

直到走到这里，写到这里，我终于像是为自己的一段并不十分轻松的过往，做完了那应该属于我分内的注脚。

冰封的黑龙江面，一道汽车行驶的轨迹，把我的视线引领到了远方日出的方向。

我的注脚存在于白雪中、林地间，它们构成了关于青春略显杂乱却又细致繁茂的剪影。

炉上的火熄灭了，温暖的灰烬延续着故事的尾句

想听下去吗

就着太阳的味道，我们接着讲开始……

后记

那些路途上的荒芜与亲密

1

仿佛一条归途。骤然欣生的欢喜，夹杂着陌路上密匝厚实的伤感，终于化作了一场肆意而繁茂的心头细雨。

回首，这些发生在过去一些年头中的一些旅程。文字所描述的仅是一段曾经沉溺于偏执里的柔软时光，浮木般游移不定，而又未经及时打捞摊晒。如今，已仿如安静的白雪，在大地尽头渐渐隐退，又好似雨水滤过的阳光与空气，从叶缝间悄然滴落。

因此，喜不自胜。

我的内心一直存在着这样的一条路，一条长长的路，走得远远、远远的，然后返回。黄昏下来的时候，终于快要回家。终于看到含情脉脉的灯光，如豆般温和，撕碎了大地尽头积攒已久的黑暗。那是行在路上最甚幸的一抔欣喜，远远看到光亮、房子，看到家。那是心灵的避难之所，同时，也是心理的安抚之所，哪怕此时距离檐下的屋门，还有一段行程要走。

回首身后，那些消散未尽的浮云和阴霾虽然还在暗自涌动，但毕竟已开始变得遥远模糊。而前方不远，那束微弱的光亮，如同一簇温和的羽翼，在夜空里，在朝向回家的路上，正温暖地敞开。

再来回想这段生命里行色匆匆的时间，从2000年到2007年的这些时间，它们倾注了我年轻时最大的热情，那是沸腾的血，燃烧的云朵，还有婀娜多姿的肺。

或者还有一些隐藏得更加深远的时间，之前，以及之后的时间。

我为这些时间必须动用众多的形容词，并在行文中密布繁缛的修辞，因为这条路、这条归途的重要与在生命里的不可替代。

我不曾避开那些绕指的忧伤或欢喜，把过去完全尘封隐匿起来。时至今天，当自己还有勇气面对所经历的过去，还可以趁着心力的许可，来不加掩饰地安放和纪念，我觉得这远比前一类方法值得欣慰。

2

在路上，我曾伤感于自己的孤独和对温暖感的缺乏，羞涩于自己心头的黯然与内心的窘迫。很长一段时间，我感到痛楚无孔不入。那是我走远后，感觉到自己走不回来的迷途。

对于旅行、行走，其实用四处走走、到处看看这类词，于我可能会更加合适。我把不断行走的那几年，归结为我被迫上路的年头，必须上路。有在路上邂逅的朋友说，你是在不断寻找自我。我说不是，因为并没有特别清晰的目的，总是不由自主，就像身体对营养的追求，当缺少叶绿素的时候，就会很自然地想要吃青菜。

同样的道理，想出发的时候，是因为路走得太少。想回家的时候，可能是因为路上太过孤独。况且我从来都不曾真正迷失自己，寻找自我自然无从谈起。

也有人说，你是一个可恶的游山玩水者。

当然这只是一种善意的讪骂与嗔怪，笑笑也就过去了。我会想，倘若是连这样的排解方式都没有了，那自己岂不会山穷水尽？

究竟是旅行、行走，还是可恶的游山玩水，这些待定的结论性词汇拿来换去，但背后所代表的内容却都相同一致，那是对一条路、一段时光、一个历程、一种成长的小心阐释，是我细碎而又无比真切的光阴所张开的一张嘴，露出一排洁白的小牙，它奔跑着喃喃的絮语。

潜回到原来所走过的路上，在深深根植于内心的风景中，在时光斑驳的剪影和青春繁芜的枝蔓里抽丝剥茧，梳理和书写这些旅程，我感受到了生命的担当和心力支付的意义所在。

起始时，我曾用异常快的速度写完了它。后来，又用异常缓慢的速度逐一修改。

开始时，我曾为它夜以继日。到后来，我为它日以继夜。

很难满意。我的书写越来越迟缓，像久治不愈的阴翳，我为自己所诟病，为文字悲恸不已。它像我在路上所经历的每一个日日夜夜，每一个日日夜夜都有精彩的花边，可我想要的是，能够刺亮这些花边的凌厉闪电。

我已听到过太多这样的说法，这个世界已经没有真爱、不需要真爱，或者充满对真爱的诘问。

那是因为自己没有了真爱。请允许我小小地抒情：

命运可能多舛，爱情可以催人泪下，泥泞的现世也许存有种种不堪，但在那些深埋的罅隙和无底的漏洞里，在瘀血一样积攒在一起的苦难与哀伤中，我们可以顺受，可以泅渡，但是不能失去爱与奉献。因为只有借以它们的真谛，才能完成对自己的救赎，盛装生之盛大的离合与悲欢。

所以，那些通宵达旦的努力，最终换取了如今所呈现出的一堆文字。它不是柔丝织就的一匹匹锦缎玉帛，而是一张张在暗夜里孤独清醒的麻布，色泽粗简、纹路可触。

3

写这些行程时，每次看过我的文字，朋友阿细总是这样说：

还可以更好些。还可以更好些。你还可以。
纯净的内心，前途无量。
你要相信，你在路上，心中有如猛虎细嗅蔷薇。
不要太多顾虑，把想要说的话，想要表达的东西，自然而然地表达出来，这样别人才会从中感触到真实的温暖与疼痛……

可见，我已长时间地学会了隐匿，不少东西，还是习惯于把它们埋得很深很深。一贯如此。以至于现在想要把它们揪出来，都是这样纠结和犹豫。它们如鲠在喉，卡在那里，断断续续。只是我原以为，这次自己对自己的解剖会稍稍好一些，看来远非这样。

关于温暖和疼痛，在去路和来路之间，这珍贵得令人窒息和惊讶的精巧名词，当它们纷纷由名词成为形容词甚至动词的时候，它们锋利的爪子，就彻底越过了文字所设下的重重围栏，撕烂我的五脏六腑。

而终于，我得以回来。我要好好的，珍惜这亲人交付自己而别人所不能掌控的生命。而每一条生命就必须担起它自该有的命运，以及责任。我如此答应任何人，还有我自己。

这不是夸张。我得说，在那么多的行程结束之前，在那些年里，我从未获得过灵魂解脱的须臾和空闲。

比如……

比如……

外人可能无法明白我在矛盾中已经竭尽全力。但或许应该理解，如果我要直愣愣地把自己的一切都拎出来逼迫在别人面前，那需要多么大的胆量和勇气。

所以旅行中的风景、感触及回忆，已被每一根敏感的神经掰碎、揉乱和焚烧，升腾起苍白的火焰和云朵，但让你看不到焰心上的灰烬与云朵中的骨骼。

况且，我已经无意要去重现自己的秘密之花，一段曾经年少的成长史、心灵史与爱情史。它们早已经隐蔽地开放。我只把这粗枝大叶展示于你的面前，没有果实的香甜与芬芳，只有花蕊中模糊的憧憬和幸福的王座，那是我最真实的细节与感动。

如果心中真有一头猛虎巨兽，它是否嗅到了带露的那朵美丽花朵?

我时常会回想起自己在路上遇到的一些朋友，他们各有各的故事，各有各的心事，各有各的旅程。

我是一个不结伴的旅行者，在路上不爱与人结伴，也很少与人结伴。因为我想独立的行走一定会让人少领受这样或者那样的不顺与不快，不齿或不屑。就像很多人讲，现在的拉萨和过去不一样了，但别人有别人的Last Lasa，我有我的S.I.F。但偶尔，也难免要与人共同搭车，或共走一小段相同的行程。我也乐意在旅途中帮助别人，能施援手时则施援手，能提供便利时则提供便利，包括陌生者。可能的淡然相处，多一些君子相宜、路逢知己刚好，否则大路朝天，各走半边，蝇营狗苟、驱去复返也罢。

挑选了自己这么多年来的一些片断放在这里，希望能与那些和我一样，喜欢旅行，曾在路上感到孤独、忧伤而又羞涩的灵魂，在寒冷的时候依偎，在寂寞的时刻相伴。

这是我所寄望的心与心的交付。

我还得特别向诺儿、小刀、郭苒、叶强、杨舒、芙蓉千朵、叶霜红、李小好等朋友表示感谢，还有疏忘了名字的那几张尼泊尔、滇西北、新疆照片的拍摄者，是你们，使得本书得以更加精美，在此，谨致以我最诚挚的谢意，并希望能与你们取得联系，一一致谢（也可致信我的邮箱leechuchu@163.com）。感谢阿细在我不断修改成书过程中的鼓励，感谢殷同学长时间的支持。

如今，我以文字完成了自己对一段时间的总结，完成了自己对自己的宽容与超度，它包含了我对过去、现在和将来的良苦用心。只是，对这本书我仍然有着连续的懊恼，它们是这样的懊恼，是阿拉伯古典诗歌中所载的：

酒杯刚拿来的时候，是沉甸甸的
只有盛满美酒的时候，它们才会变得更加轻盈
我想，不光文字这样，生命亦是如此。

在我尚未满盈的生命之杯中，请每一位有缘分读到这本书的朋友，都不吝倾注仁爱、善美与宽容，从而让她脱离沉重，变得灵动、轻盈而飞舞。

感谢，所有。

附录

谢谢时间，让一切变得温暖

在路上，有如猛虎细嗅蔷薇

文/阿细

1.

后来，铜壶里的水喝凉了，瓷杯里的茶冲淡了，天光也被坐暗了，话，渐渐地也少了。从长安街上的三味书屋出来，我向东，他往西，暮色中，他的发乱飞，像早春三月里满天空轻摇的细小的叶，凉薄，却已现出了最浅最浅的颜色。

几天后，他从网上发来了书稿，嘱我写序，说要不是朋友一贯的鼓励，在灯光和热情逐渐暗淡的时间通道里，他的行动可能只会越来越缓，至少不会完成得像现在这样从容与用心。

为这话会心，不是吗?

这些字，先前大抵都已粗略读过，然当重新翻看它们时，心中，还是有如猛虎在细嗅蔷薇。

2.

十年前，李初初还不叫李初初，我亦不曾被人唤为阿细。十年后，当我们坐在北京西单的一家餐厅里，吃饭、喝茶，闲聊着曾经的过往，突然发现，很久以前，我们的少年时，竟有此般的交集。这一发现让我们激动不已。然，到底还是不识的。

两年前的夏天，北京铺天盖地飞着馥郁的白槐花。我们见面。虽然少年时有很多相识的机会，然而却一直等到了网络时代才得以遇见。记不得那天吃了什么，说了什么，只记得他是瘦的、羞涩的，说话时微垂着头，眼神中有藏也藏不住的敏感。

后来的交往依旧是在网络上，彼时，他还是北京电视台一个栏目的主编。

2005年的一天深夜，我的信箱里收到了一条留言：从今天起，会有我一生中的秘密，博客关了，MSN暂停了，手机留给好朋友了，不要试图联系，也不要试图猜测我会到哪里去。

他走了，到哪里？

与朋友网上聊天，提及他，大家都不知他去了哪里，他就那样影子般地从大家的生活中消失了。8月15日夜，地铁站出来，手机短信莫名响起：我在青海，中秋快乐！

青海？他去了青海。彼时，并不知他的这次“向西，向西，向西”是与一位女子有关的行走。

他在尼泊尔，他在西藏，他在云南，他在四川，他回北京。

北京，湖北菜馆，我与那女子坐在他对面，他翻相机里的图片给我们看，没想到日后他会把整个行走记录下来，以一种近乎虔诚的方式，而这种记录，仅是因了她的一句话，她想看他一路走来的风景。

或许一切都正如他自己所说的，这似乎是一个与生俱来的幻想，一种与生俱来的冲动，一份与生俱来的爱，突然在一瞬间被点燃，被激发，电闪雷鸣般绽放。

绽放，却带着求不得，爱别离的感伤。于是，他记下了一路的风景，为她。

最后他写道："虽然你不在风景里，但我愿意看到你在风景里奔跑和微笑。献给你"

"献给你"，三个小字，轻描淡写，却有着穿透纸背的力量。那女子，看到这三个字时，也会眼热一下的吧?

读完他的第一本书《走进喜马拉雅》后，我记下了上面这些话。这样的年岁，生命的微妙与悲喜也已明白了大半。然而就是这样一本与情感相关的行走笔记，还是触动了心底里那根最细最隐秘的弦。后来很多朋友说，读那本书时也曾心酸眼热。

3.

2000年：他第一次远行，走丝绸之路，西出阳关，看巍峨的天山，还有盛产葡萄的吐鲁番；经过沙漠戈壁，还有海市蜃楼，大漠孤烟；去敦煌，登鸣沙山，赏月牙泉。新疆、甘肃，再新疆。还有云朵……云朵……

2005年：云南，整个滇西北。还有青海，塔尔寺、青海湖、纳木错；走青藏公路，去拉萨、山南、日喀则，翻越喜马拉雅到尼泊尔；经滇藏线和川藏南线到滇西北，去四川川西的稻城、亚丁。

2006年：从宁夏到内蒙古，只身去阿拉善进入巴丹吉林沙漠。这年最后一天，也是最冷的时候，他动身去东北小兴安岭深处的雪乡，到达中国最北端的漠河，北极村，去最北之家。

2007年：他再次去巴丹吉林沙漠，并再次去了西宁、青海湖，再次入藏，到拉萨，去山南，入藏北阿里，走新藏线去新疆，再从新疆一路到西藏，并再次来到青海湖，为那七月的油菜花海。

……

把他书中的这些地名一一罗列出来是件极为奢侈的事，奢侈得让人羡慕。

这是一本怎样的书呢？想了很多词来界定，都觉不甚妥当。仿如春日里院前那几株粉白的桃花，虽知无法观望到它开放的瞬间，但每次经过时还是会驻足看一看，仿佛花是可以在注视下开放的。

所以，我不能把他2000年到2007年的这段时间与那些地名相等联，因为这样太过于轻浅。

这不是一本单纯关于行走的书。这又是一本关于行走的书。

在书中，我们不仅可以看到高山、河流、云朵、广袤的沙漠、金黄的油菜花……还能看到一个男孩在成为男人的途中那些深深浅浅的脚印，那些羞涩与张皇，那些困惑与迷茫，那些站在成长边缘里对未来的欣喜与渴望。

想起某日傍晚，回家的出租车上，顺手翻开车后座上的杂志，无意间读到了李初初的一段文字：那些高远和深不可测的天空，就像一只看不见的手，而曾经的风筝和云，掌握着所有过往的秘密。

暮色中，我盯着这行字发呆。

过往呀。

4.

年轻的父亲带着小女儿在原野上奔跑，碎金一样的阳光下，画外音缓缓铺展：

一路上我会给她讲，讲一个男孩在成为一个男人的途中，走过的路，遇过的人，经历过的故事和那些消散在荒野中的笑声和诺言。一路上，我们边走边等待着，等待我会逐渐老去，越来越像爸爸，等待她慢慢长大，直到能听懂这些故事，明白那些泪水和笑声……这是电视剧《无处安放的青春》的结尾。

一个男人，要走多远的路才能成为真正的男子汉？几十年前，鲍勃·迪伦（Bob Dylan，20世纪美国最重要、最有影响力的民谣、摇滚歌手）也曾这样唱问道。几十年后，一个叫李初初的年轻人用他的脚步丈量出了这条路的长度。

他说：2000年至2007年这七年，他倾注青春里最大的热情，那是沸腾的血，燃烧的云朵，那是对一条路、一段时光、一个历程、一种成长的小心阐释，是他细碎而又无比真切的青春光阴。

所以当他发初稿给我看时，我说内心纯净的人，前途无量。

请原谅我把诸多词汇加注在他身上：光明、美好、朴素、敦厚、悲悯、宽容、豁达、善良、温暖。在浑噩庸碌的人世间，还保留着这样的信念和力量。你，做不做得到？

一望无际的麦田上，孩子拉着爸爸的手，听爸爸讲他惨绿的少年时光，讲他从一个青涩懵懂的男孩长成一个有担当有气度的男人的经历，讲他生命中遭逢的这些人和事，这些流淌的甜蜜和倾泻的疼痛。他们就这样笑着，走着，迷失在阳光里……

我知道，这样的场景必将充盈李初初日后的生活。我能想象的出，真的。

2008年春 北京

世界是倒淌的河流，我于字词间顺流而下

文/伊丽沙

“我潜行着，时间成了自己的另一束秘密之花。充满阳光和激情的夏天，像一封少年的情书，在虚妄执着的火种里慢慢烤焦、卷曲，最后燃成灰烬，秋天忙不迭地到来了。”

深秋的好些个晚上，是这本《寂静苍穹下》陪伴度过的，每每因为文中的句子停下来，陷入沉思。这是一本游记，也是一封情书，读者在景色推移，光影流转之间，感受更多的是“花满市，月侵衣，少年情事老来悲”的温柔爱意。在字里行间重温年少时爱恋一个人，在纸上反复书写她名字时如同莲花开放的心事。

说到底，在行走中回忆，在回忆里纪念，在青春梦醒时作别永远不老的恋人，纵然现实平凡琐碎，爱别离怨憎会，我们衰老我们腐朽，但回忆是明亮的琥珀，千年不变，过去重建，爱恋永生。纵然以后的日子会渐行渐远，似水的年华注定蜕成尘满面，鬓如霜，那记忆中的微笑仍然给我们一份勇气，一份感怀。过往在行走的回忆中逐渐复活、清晰。是趁年轻回到白马雪山的滇西北，享受丽江的声色犬马；是时光空寂，记忆穿过城市角落，云朵大片堆积，红马和白马自由奔腾的新疆；是天堂马肚子里含毒的野花，今夜无眠的德令哈；点无数酥

油灯濯亮的一生一世，你不在风景里，却所有风景里都有你笑脸的西藏；翻越喜马拉雅山，赴一场巴格马底河边的葬礼，于帕坦如梦初醒的早晨看见你明媚的容颜；在稻城，不敢说真的爱你，却已经心碎在柔婉的刀锋，缩开山川内的音乐，时间之壳，渐渐泯灭，而巴丹吉林那交错的光影，一直绵延到天边，风吹动的细沙，簌簌作响在耳边，如同爱人的呢喃……

仅是用文字，我们就能看到一幅幅唯美的画面，回忆里的女孩，年轻的如同春蕾初绽，俊美的如同水仙花开，我想初初回忆里的女孩，也是我们回忆中的爱恋，是每个少年如诗的情怀，是每个落寞平淡日子里闪烁发亮的梦幻。

回忆是泛黄的色调，微醺的酒酿，在青春遭遇一场绮惑梦境，好像《失忆五百天》里每个清晨崭新开始的恋爱，终于成功拼合出最初影像。正如初初所说："生命中总有一些女子，她就是你要在心目中假设的那位女子，婀娜而来，流水般闪亮，刺疼年华中的黑暗，刺伤你的皮肤和眼睑，刺杀你的梦想。"这女子，是他笔下那个叫红马的女孩，是那个令他一路行走，一路为爱忧伤的"蓝"，也是我们记忆里那些远去的少年。深爱着，却矛盾、克制、静默，纵然一个人走在路上，却满眼都是她楚楚的身影，轻而浓密，淡而绮丽，似二十七层纯水，无一丝杂质，清流汩汩，其中的澄澈、温柔和苍凉，如同风信子的味道，叫人回味良久。令我们如同旅行中的初初，忘记是"努力用行走的方式将她遗忘，还是想把我的爱意向她传达"。

旅行中的风景，风景中的姑娘，融合在一起，这种情感的表达方式内敛、深沉，如火的深情掩在含蓄的文字里。在文中，没有粗浅的感动，直白地煽情，却不经意地被美丽风景中隐藏的悲欢打动，让人不禁为之神伤。零下三十九度的低温的北极村也无法冰封的热情，白茫茫的大地也不能掩埋的美好过往，似乎在瞬间凝结成永恒，不能磨灭，永志难忘。

生命之中，最深最痛的感情，可能就是这种明知不可能再走一段，明知不可追挽，却始终无法释怀，这种如一片流云偶然倒映在波心的情感，在交汇之后就退出了彼此的生活，却在言笑之间就截获了一颗心。记忆就这样保存下来，抬头望，蓝天里有你，开口唱，悠扬里有你。在博大静穆的雪山，在心花怒放的波密，因为记忆里你的样子，寂静苍穹下，我们一起重温青春爱恋的滋味。

世界是倒淌的河流，我于字词间顺流而下，仿佛与你初初相遇。

2011年冬 新疆伊犁

在青春，认识你

文/双双

跟初初相识，发现他的名字，用我习惯用的输入法重叠输入两次，就是我的本名，从此后，我都叫他这个字母：C。这么一晃，已经近六年的时光。我们无所不谈，对彼此的大小事情无不知晓，他的行程、我的规划，却六年从未谋面。

我从懵懂不屑于生活向往流浪的人终于因为有了家而停靠，在我眼里，我知道自己已然不能再身处名为青春的看板前肆意任性，我变得有了自己该有的忌讳，超怕死的。开始重新看这个世界，偶尔还是能看到年少时一无所有地为爱往前冲，看到自己迷茫落泪的歇斯底里。过往的青春，她青涩，却很珍贵，我们不该遗忘，因为她让我们的生命变得如此独特。

这是幸福的成长。

很幸运，在那样的青春岁月里，有幸认识你。

C出版第一本书后不久，我回台湾，当时还未开通直航，需从香港转机。我没有跟家人通电话，生怕会哭而泄了自己伪装坚强的底。我在香港机场的候机室里，坐了长达六小时，包里只带了一本书。是你去往喜马拉雅时记录路上的所见所闻所想，以及对她无尽的思念。在我看来，这是你写的一本情书，只为给她。而拥有其中一本的我，又是何等幸运？

你文字细腻独特，每一句都能触动人心。C，你天生属于文字，你了解她们每个人的位置，知道如何摆放她们，才能将美丽绽放到最大。

由衷地羡慕你。

我就不班门弄斧了，聊些小秘密及小情小趣吧。

你去了祖国之北漠河，让自己炽热的爱跟冰天雪地及低温寒冷一拼高下。我知道那几年你内心的纠结与困扰，我总想劝你放下，但连我自己都说得心虚。

我从来都没有跟你说过，我内心曾有过的一段小秘密吧，纵然我们无所不谈。

我曾梦见自己在一幢木屋内，你跟她一起做干锅招待我，干锅绝顶的辣，但不久后，她认识了别的人。我非常懊恼，为什么我没有将自己做的梦及早告知你？

我跟女子认识，关系尚好。纵然知道她无心，但看你过的生活，知道你不快乐，我竟然在潜移默化之间跟她客气，保持距离。

请原谅我当时的幼稚。

直到你调整心态，一如既往地面对镜头，穿着格子衬衫带着腼腆的笑容再次回来，我居然哭了，在签名里写着：C，很高兴看到五年后改变得这么好的你。

此后，我跟女子关系也非常好，每天聊天，聊自己的生活想法。才发现我们原来那么合拍，对，也真正发现，她的确是值得去喜欢的好女子。如今，我跟你们仍旧未见面，但你们，却影响着我的生活，是促使我更有动力的死党。

生活不是把无情刀，生活是火炭上的一滴蜜，滋润了我们本该丰盛的心。

感谢时间，让我们都变成最好的我们。

仍想对着过去的青春大喊：C，你好！

C，祝福你。

2011年秋 台北

图书在版编目（CIP）数据

寂静苍穹下 / 李初初著. —北京：九州出版社，2017.10

ISBN 978-7-5108-6291-5

Ⅰ. ①寂… Ⅱ. ①李… Ⅲ. ①散文集－中国－当代 Ⅳ. ①I267

中国版本图书馆CIP数据核字（2017）第259159号

寂静苍穹下

作　　者	李初初　著
出版发行	九州出版社
地　　址	北京市西城区阜外大街甲35号（100037）
发行电话	（010）68992190/3/5/6
网　　址	www.jiuzhoupress.com
电子信箱	jiuzhou@jiuzhoupress.com
印　　刷	天津市豪迈印务有限公司
开　　本	700毫米×970毫米　32开
印　　张	10.5
字　　数	300千字
版　　次	2018年1月第1版
印　　次	2018年1月第1次印刷
书　　号	ISBN 978-7-5108-6291-5
定　　价	48.00元